かなりや荘浪漫2

星めざす翼

村山早紀

PHP
文庫

○本表紙デザイン＋ロゴ＝川上成夫

かなりや荘浪漫2

星めざす翼

contents

目次・章扉デザイン――岡本歌織（next door design）

登場人物紹介

須賀茜音《すがあかね》　漫画家をめざす19歳。
紅林玲司《くればやしれいじ》　今は亡き天才漫画家の幽霊。
神宮司美月《じんぐうじみづき》　茜音の才能を見出した編集者。
カーレン　カメラマンの楡崎に育てられている孤児。
東《あずま》ユリカ　茜音の親友。モデル。
明神《みょうじん》ジャガー　最近かなりや荘に越してきた謎の大男。
一条絵馬《いちじょうえま》　美月のライバル編集者。
一条翔馬《いちじょうしょうま》　絵馬の息子。人気子役。

Story

母親が失踪し家を追い出された茜音《あかね》は
公園で出会った少女カーレンの導きで
古い洋館アパート「かなりや荘」に招かれる。
そこには心優しくも、
心の片隅にさびしい廃園をかかえた人々と
道半ばにして亡くなった天才漫画家の幽霊・
紅林玲司《くればやしれいじ》がひっそりと暮らしていた。
茜音は玲司の使っていた部屋に住むことを許され、
その温かい場所にしっくりと馴染んでいく。
一方、住人で、漫画編集者の仕事を休職している美月は
茜音が描いたイラストを見てその才能に驚き、
漫画家として育てたいと強く願うが、
かつて友人の作家を死なせてしまった苦しみから
復帰の一歩を踏み出すことができずにいた。
しかし、ある日かなりや荘を友人の幽霊が訪れて
美月を優しく力づけて去っていく。
美月は編集部に復帰し、担当として茜音を導くと誓い、
茜音もまた、漫画家を目指す決意をするのだった。

1

十月のお菓子

「ねえ、ユリカ、美味しいかな？」

茜音《あかね》が、試作品のお菓子の載《の》ったお皿を前に、少しだけ緊張しているような表情で笑う。

「あの、ハロウィンの時期だし、かぼちゃ風味のクリームにしてみたんだよね。裏ごしはきちんとしたつもりだけど、ざらついてないかな？　皮にもかぼちゃを入れてみたんだけど、黄色くなり過ぎちゃったかも。あのう、わたしは美味しくできたと、思ってるんだけど……ねえ、変な色じゃないかなあ？」

秋の日差しが大きな窓から入る、かわいらしいブックカフェの、白木のテーブルの向かいの席で、茜音は心配そうに訊《たず》ねる。

ユリカを見つめ、頬杖《ほおづえ》をついて。

静かに、とりとめもない感じで、ピアノ曲が流れていた。耳に馴染《なじ》むように柔らかくアレンジされたジャズや昔のポップスだ。ユリカは歌も楽器も苦手だけれど、音楽を聴《き》くことは好きなので、知らず、耳がメロディを追っていた。

ガラス越《ご》しの明るい日差しは床を暖め、猫たちが敷物の上で昼寝していた。本棚《ほんだな》の上で丸くなっている猫もいる。実はユリカの足下《あしもと》にも、さっきから黒猫がいて、かるく寄り添う体温が心地よかった。ここの猫たちは人慣れしている。たぶん猫めあての客も多いのだろう、と、ユリカは思い、そっと手を伸ばして、黒猫の柔らかな毛並みを撫《な》でる。ごろごろと喉《のど》が鳴る音が聞こえてきた。

今日は定休日。ユリカと茜音の他に誰もいないカフェの中には、たくさんの本が作り付けの棚に並んでいる。螺旋《らせん》階段の上に続く、中二階の壁までぎっしりと本が並ぶ様子は、ミニチュアの図書館のようだ。飴色《あめいろ》に磨かれた床が柔らかく反射する、午後の日差しの光を浴びて、本たちはほの白く光っているようだった。その中にいる茜音は、この店の主《あるじ》であるように、その雰囲気《ふんいき》に馴染んでいた。

中庭に続くカフェの扉の方から、かりかり、とひっかくような音がした。

茜音が振り返る。古い扉のガラス越しに、猫が戸の前に佇《たたず》む姿が見えた。秋の草花が茂り、風に揺れる中庭からこちらを見ている。開けてくれ、というように猫の口が開く。

「お散歩から帰ってきたのかな」

エプロンをなびかせて立ち上がり、扉を開けてやると、猫は尾をあげて茜音に挨《あい》拶《さつ》し、軽くすり寄ってから、店の中に入ってきた。

（茜音ったら、昔からこのお店にいるみたい）

けれど、茜音がここで働き始めた冬の終わりから、まだ一年も経《た》たないのだった。今日までの茜音の日々を、ユリカは振り返る。

去年のクリスマスイブ、ユリカはハワイにいた。雪の降る風早《かざはや》で、行き場をなくした茜音と電話で話したあの日から起きた、ドラマチックな出来事の数々。のちに茜音から話して貰《もら》った、その逸話《いつわ》の中には、彼女がお化《ば》けと会って仲良くなった、という、お伽話《とぎばなし》のような出来事もあったけれど、その辺りはさすがに、想像力故《ゆえ》の幻《まぼろし》だったんだろうなとユリカは思っている。

(幻を見たって不思議じゃないほど、あの頃《ころ》の茜音には色々あったものね……)

ふう、とユリカはため息をつく。

思い返せば、すべてが一瞬の間に起きたことのようにも、あの夜から、長い長い時間が経ったようにも思える。まあ、結果的にはいまの茜音は幸せそうなので、ユリカは満足だった。終わりよければすべてよし。

(ましろおばさんがいなくなったの、夢みたいだな)

茜音の母、須賀《すが》ましろは、あの冬以来、この街へはたぶん帰ってきていない。それを茜音はどう思うのか、子どものときから変わらない、優しげな雰囲気からはまるでわからない。

あれはまだ冬、茜音がここで暮らすようになってそう経たない頃だったと思う。ましろの担当編集者であるひとが、茜音を訪ねてきたという。ましろからの急ぎの伝言があるのだけれど茜音の居場所がわからずに、捜し続けていたのだという。

茜音を見つけて心底ほっとしたらしいそのひとから茜音は母の言葉を聞いたよう

だ。「きっと帰る」と。茜音は笑顔で嬉《うれ》しそうにそうユリカに教えてくれた。その言葉を信じているのかも知れない。あるいは信じようと決めたのかも知れない。

茜音はそもそも泣き言をいわない。悪口も陰口《かげぐち》も愚痴《ぐち》もいわない。そういう娘だった。

涙もろいところはあるし、実際、茜音はよく泣くけれど、そういうのも思い返せば大概《たいがい》、誰かのために悲しんだり憤《いきどお》ったり、でなければ喜びや感動の涙だったりするのだった。それか、お話の世界に入ってしまって泣くかだ。漫画や映画や小説の悲しいシーンでぽろぽろ泣いて、止まらなくなってしまうタイプだ。

（茜音はこれで、強いからなあ）

ユリカは茜音の強さを知っている。

目の前にいる彼女は、どこか儚《はかな》げだ。

ふんわりとした雰囲気と同い年には思えないあどけない表情に、糊《のり》のきいたエプロンドレスが似合っている。日差しにきらめく茶色い髪と、茶色い瞳《ひとみ》が絵の中の少女のようだ。

昔、子どもの頃に、茜音の家で借りて読んだ、昔の外国の児童書の挿絵《さしえ》に、こんな表情の女の子の絵がなかったかな、と思う。

女の子ではなくて、あれは妖精か、天使の絵だったかも知れない。

その頃のユリカが読むには字が小さくて難しい本だったから、結局中身は読まなかったような気がする。表紙と挿絵しか覚えていないけれど、飽《あ》きずに繰り返し、その本を見つめていたことを、覚えている。

カフェに立ちこめる古い本の匂《にお》いのせいか、久しぶりにそんなことを思い出した。

「──すっごく、美味しいよ」

ユリカは笑顔で答えながら、親友の手作りのシュークリームを口に入れる。

二口目。三口目。ひんやりと冷えたかぼちゃのクリームは甘くてなめらかで、息をするのも忘れてしまいそうだ。銀のナイフとフォークが添《そ》えてあったけれど、もうそのまま、手づかみで食べてしまう。香ばしい皮は薄く柔らかく、クリームの冷たさを指に感じる。

「……もう、永遠に食べていたいくらいに、美味しいよ、このシュークリーム」

「ほんとう？　ユリカがそういうならほんとに美味しいのかな」

ほっとしたように茜音の肩から力が抜ける。

ユリカはシュークリームを、鮮《あざ》やかに彩《いろど》られた、長い爪《つめ》の指先で裂きながら、口を尖《とが》らせる。

「なんであんたはそんなに自分に自信がないのかな。これ美味しいよ。甘いものにはうるさい、業界のスイーツ番長のあたしがいうんだから、間違いない」

「だよね」

「クリームのシナモンとバニラの香りが、ほのかなかぼちゃの甘さと相《あい》まって、きらきらしつつも、ほっこりしてくるって感じ。お洒落《しゃれ》だけど、どこか懐《なつ》かしい甘さっていうのかな。子どもの頃に食べたお菓子のような。

それに、見た目がね、とっても綺麗《きれい》」

淡く黄色い色目のふんわりした皮も、ややオレンジがかった色のクリームも、それに散るバニラビーンズの黒もとても綺麗だった。

やはり茜音は絵が得意だから、美意識が活きてくるのかな、と思う。

「とにかく、あたしはスイーツが大好きで、その中でも、シュークリームがいちばん好きなの。子どもの頃から、年季が入って大好きなの。そのあたしが、このシュークリームはサイコーだって断言するから、安心しなさい」

茜音の表情が、ぱあっと輝いた。

「ありがとう、ユリカ。ねえ、おかわり食べる？　熱いコーヒーのおかわりもいかが？」

答えを聞く前に、エプロンを翻《ひるがえ》して、小さなキッチンへと駆けてゆく。シュークリームがいくつも載ったお皿と、耐熱ガラスの器《うつわ》に入った湯気の立つコーヒーを、銀のお盆の上に載せて、いそいそと戻ってきた。

「遠慮無くいただきます」

手を合わせたとき、足下の黒猫が、隣の席に駆け上がってきた。テーブルに手を突いて、それわたしにもちょうだい、というように、顔を伸ばす。

「だーめ。これ、あたしのだもん」

ユリカがお皿を猫から遠ざけるようにすると、茜音はくすくすと笑った。

「くろちゃんには、さっき、クリームのお味見をして貰ったから、もうあげなくていいわよ。太っちゃう」

だってさ、とユリカが得意げに黒猫にいうと、黒猫は、つまんない、というように髭《ひげ》を下げて床に飛び降り、ふてくされたように丸くなった。ユリカと茜音はそれを見て、かわいいと笑った。ごめんね、と猫に声をかけて、ユリカはシュークリームをほおばった。

そこそこいいうちの生まれで、厳しくしつけられて育ち、いまはタレントとして芸能界で活躍中のユリカだ。自分のキャラを大事に、外見の美しさに似合うように、立ち居振る舞いも考えて暮らしている。たとえば自分が気づいていないときに誰かに写真を撮られても美しいように。いつでも絵になるように。

でもそんなことを忘れて、ユリカは小学生のように目を輝かせ、お菓子をほおばった。

　そんなユリカを見て、茜音は頬杖をつき、幸せそうに微笑《ほほえ》む。

　ユリカは昔から、茜音の笑顔が好きだった。幼い日に小学校で出会った、遠い昔から。何がきっかけで友達になったかとか、そんなことは覚えていない。きっと最初はたまたま同じクラスだったこと、席が近かったことくらいがきっかけだったのだろう。ただずっと気があって、いつも一緒にいた。いつしか、かけがえのない親友になっていた。いまはもうふたりは住む世界が違う。けれどおばあさんになってもふたりは親友同士のままだろうと、ユリカは思っている。

（ずっとこの笑顔が好きだったんだよなあ）

　誰かの笑顔を見て、そして微笑むときの茜音の笑顔。この子はいつも、ひとの楽しそうな様子や幸せを自分のことのように楽しみ喜んで、そして笑うのだ。

　漫画家志望の彼女は、いまこのカフェで働きながら、漫画の勉強をしている。自分の描《か》いたものでみんなが楽しんでくれたら嬉しいな、と語る茜音は、自分の友達でありながら、地上に生まれた天使か何かじゃないかとユリカは思うことがある。

（実際、あたしにとっては天使かもね）

　たくさん救われてきたのだ。

　茜音がそばにいるということに。

「――あ、そろそろ行かなきゃ」

腕時計を見て、ユリカは腰を浮かせた。バッグを抱《かか》え、畳《たた》んでいたコートを手にした。

「これからお仕事？」

「うん。東京でちょっと打ち合わせ」

次の仕事のことで、都内、神楽坂《かぐらざか》にある事務所で打ち合わせがある。夕方に来てくれればいいから、と緩《ゆる》い感じで呼ばれていたけれど、ここ風早からは電車での移動になるし、もうそろそろ出た方がいい。

「また来るね」

近所に住んでいるはずなのに、仕事が忙しくて、なかなか遊びに来られない。帰宅時間が決まっていなくて大概遅いせいでもある。

（でも、ここに来ると癒《い》やされるし）

茜音が店の主に任《まか》されて作るお菓子と、淹れてくれるお茶やコーヒーは美味しいし、猫たちと遊ぶのは楽しいから、ほんとうはもっと、いつだって、ずっとずっと、このカフェで時間を過ごしたい。――だけど。

茜音と猫たちにさよならをして、カフェを出ようとして、あ、いけない、とユリカは立ち止まる。持参《じさん》した和菓子店の紙袋を茜音に手渡す。

「マダムにお土産《みやげ》。こないだ番組で行った取材先の松露饅頭《しょうろまんじゅう》がとても美味しかったから」

「わあ、マダム喜ぶわ。あんこ大好きだから」

「こないだそんな話をしてらっしゃったなって思って。今日お会いできなかったこと、あたしが残念がってたって伝えておいてね」

茜音が住むアパートかなりや荘と、同じ建物の中にあるこのブックカフェの経営者は、通称マダムこと元名女優の萩原嘉世子《はぎわらかよこ》。茜音が縁で出会ったそのひとは、明るくフレンドリーなたちだということもあって、ユリカをかわいがり、ユリカもまた業界の大先輩であるマダムに懐《なつ》いていた。

「マダムもきっと、会えなかったことをがっかりすると思うわ。ほんとについさっきまでかなりや荘にいらしたのに、姿が見えなくて」

茜音がこのカフェで働くようになって以来、そのひとはたまにふらりと出かけるようになったのだという。今日は定休日だったからいいとしても、ちょっと無責任だな、と思いはする。けれど、元がお嬢様育ちの大女優だった過去を持つひとだ。

このブックカフェはとても素敵な店だけれど、どこか趣味の範疇《はんちゅう》で経営している趣《おもむき》がある。経営者のそのふわふわとした気分が、この店の浮《う》き世《よ》離れした良さを醸《かも》し出す一因となっているといえないこともないとユリカは思っている。

ブックカフェの扉は、中庭に向けて開いている。ユリカは古い木の扉を開け、急ぎ足で外へと歩き出しながら、秋物の薄いコートに袖《そで》を通す。十月の風がコートを揺らし、翼のようにはためかせた。

バッグの中に入れていたサングラスをかけようとしたとき、

「またね。今日はありがとう」

見送る明るい声に振り返ると、猫を抱いた茜音が店の前で手を振っている。

古い洋館に這《は》う蔦《つた》の葉は美しく紅葉している。油絵か映画の中の情景のようだ。中庭と連なる庭に小さな森のように屹立《きつりつ》する木々の紅葉と相まって、赤と金色の光に染まるような、そんな風景が視界に広がっていた。

少しだけ冷たい風は、針葉樹の葉の匂いのように、どこかつんとしている。秋の匂いだ、と、ユリカは思う。懐かしい十月の匂い。

(ずっと昔、茜音とふたりで山で迷子になったことがあったっけ。あれも十月だったなあ)

足下には竜胆《りんどう》が、青紫色の星のように、庭中に咲いている。リボンのように連なって、たくさん咲いているから、まるで青紫の花でできた銀河系、天《あま》の川《がわ》のようだ。

「『銀河鉄道の夜』みたい」

ユリカは微笑み、茜音へと手を振りかえそうとして、ふと首をかしげる。——茜音のうしろにいる、あれは誰なのだろう？

全身黒ずくめの服を着た小柄《こがら》な青年だ。整《ととの》った顔立ちのその口元に親しげな笑みを浮かべ、こちらを見ている。知っている誰かだったろうか。視線が合ったと思ったその瞬間に、ふっとその姿は見えなくなった。

（錯覚《さっかく》だったのかなあ？）

最近ちょっと忙しすぎたものなあ。ユリカは目をこする。睡眠時間がたりていないのだ。

そしてユリカは茜音に手を振ると、サングラスをかけ、風吹く秋の中庭をかろやかに抜けて、駅を目指したのだった。

「お菓子、好評で良かった」

茜音は軽くスキップするような足取りで洋館の方を振り返り、あら、と見上げた。

『よう』

秋風に半ば透《す》けるようにして、幽霊の若者がひとり、そこに立っている。人気漫画家として名を馳《は》せた彼は、急な病《やまい》を得て惜しまれつつ夭逝《ようせい》したのだけれど、いまもこうして、かなりや荘に暮らしている。もっとも、幽霊は誰にでも見られるものではないそうで、ほとんどの住人にはその存在を気づかれないままに、静かに建物のそこここに佇《たたず》んでいる。

もはや肉体はなく、魂《たましい》だけの存在なので、玲司《れいじ》は何かにふれようとしてもふれることができない。その手でものを動かすことも、誰かを抱きしめることも。なのでよけいに、玲司はこの世界にとって、幻のような存在なのだった。

紅林《くればやし》玲司は、生前そこで暮らし、昼も夜もひたすらに漫画を描き続けていた四号室の辺りに、特によく現れる。いまのその部屋の住人である、漫画家志望の茜音を話し相手に、気ままに、それなりに楽しそうに。

『ほんとに綺麗な子だよな』

玲司はユリカの後ろ姿を、眩《まぶ》しそうに手庇《てびさし》をして見送る。幽霊の目には秋の日差しは眩しくはなさそうなのだけれど、きっと無意識がそうさせるのだろうな、と茜音は思う。

「ユリカは子どものときからずっと綺麗で、友達なのに、何だか差がつくばっかりです」

茜音は肩をすくめた。

彼女は小学生の頃は、学芸会でお姫様の役だった。茜音はユリカを引き立てるべく、少しでも美しい、小道具と大道具を作るのに燃えた。ユリカはやがて子役として芸能界に入り、いまでは有名なモデルであり、売れっ子のタレントでもある。

玲司が納得したようにうなずいた。

『そうだろうなあ。足の長さが全然違う』

「……」

『見ろよ、あの足の付け根の位置の高さ。おまえと同じ人類には思えないな。あれ、何ふてくされてるんだ？』

「別に」

茜音は中庭に背を向けて、ブックカフェの中に戻る。玲司が、足音もなく、ふわふわとその後をついてくる。

真面目《まじめ》な声で、いい聞かせるように、

『そんな顔してると、ただでさえふくれたほっぺたが余計に丸く見えて損だと思うぞ』

すみませんね童顔で、と茜音は呟《つぶや》き、ユリカが帰った後のテーブルを片付けながら、

「前からいおうと思ってたんですけど」

『おう、なんだ？』

「紅林先生、ときどきデリカシーに欠ける発言をするときがあると思います」

『デリカシー？』

「平気でこっちがぐさっとくるようなこといったりとか」

『え？　マジで？』

よほど思いがけない発言だったのか、玲司の表情は絵のように凍《こお》り付いた。

「マジです。漫画の技術は凄《すご》いと思いますけど、その辺はいまも昔も尊敬してますけど」

茜音はエプロンドレスの胸元に手を当てた。「あの、正直、わたしの心はときどき、すごく傷ついてます。言葉遣《づか》いにもう少し気をつけていただけたらと思うんです。……それと、紅林先生、気がつくといつからかわたしのことを、『おまえ』って呼んでますけど、それもちょっとだけ気になるっていうか」

いくらなんでも馴《な》れ馴れしいのでは、といいかけて言葉を呑み込んだのは、玲司がしゅんとしたようにうつむいたからだった。

古い洋館の部屋の中で、しんみりとうつむかれると、幽霊なだけに余計に雰囲気が暗い。

『……それさ、昔いわれたことあるんだよ』

「えっと、あの——やっぱりですか？」

『高校時代と大学時代の元カノにいわれた。どっちもばっさりふられたときにね。すごい久しぶりに、そのときの気分を思い出したよ』

幽霊は地の底から響くような、暗く力のない声で呟いた。

「ああ、それは、そのう、お気の毒に」

『……古傷が抉《えぐ》られる感じというか、死にそうな気分になっちまったぜ。いやもう死んでるんだけどな』

ははは、と幽霊は笑う。そして、優しい目で、どこか遠くを見た。

『ふたりとも、どこでどんな風に暮らしてるかな。いま思えば、どっちみち、こんな風に、早死にした俺なんだ、早めに別れて正解だった気もするな。ふたりとも優しかったから、俺みたいなしょうもない人間が死んでも、きっと悲しんで泣いてくれたろうと思うし。女の子に泣かれるとたまらないから、そんなことにならないでよかったよ』

「……」

幽霊は懐かしそうな表情で微笑み、言葉を続けた。

『なんかさあ、思い出したら懐かしくなってきた。言葉遣いのことの他にも、漫画ばかり描いてて、自分の方を見てくれない、わたしの言葉を聞いてくれないって、そんなこともよくいわれてたな。うん、それはふたりのどっちからもいわれたよ。

さみしいってさ。あなたはいつも絵ばかり見てる、わたしはここにいるのに、同じ部屋のあなたのそばにいるのに、どうして見てくれないの、いてもいなくても同じみたい、まるでお化けみたいねって。――変な話だよな。自分がお化けになったいま、ほんの少しだけ、そのときの彼女たちのさみしさがわかったような気がするよ。

よし、ちょっと遅かった気もするけど、今日この瞬間からは、俺は言葉に気をつけることにするよ。そう決めた。今更《いまさら》昔のことを反省したって、ふたりにその言葉を伝える術《すべ》がないからな。せめてそれくらいはしようと思う。

おまえに誓うよ。――あれ、さっき、「おまえ」っていい方がどうのこうのっていってたっけ。あっ、もしかして嫌なのか？』

「ええと」

『ごめんな』

さみしげに笑って、幽霊は頭をかいた。

『馴れ馴れしかったかな。ほら、かなりや荘でなかなかお化けを見られる住人と出会えなくて、で、やっとおまえが俺のことを見て、話を聞いてくれたから、その、嬉しかったんだよ。友達みたいな気分になっちまってさ。

悪かった。呼び方変えような、須賀さん』

「いいです」

　思わず茜音は返していた。「えっとほら、わたしは紅林先生の漫画の弟子みたいなものですし。師匠《ししょう》が弟子を呼ぶのなら、『おまえ』っていういい方もオッケーなような気がしませんか？　馴れ馴れしくなんかないですよ」

『そうかな』

「そうです。そうなんです」

　茜音はきっぱりといいきった。

『そうか。そうだよなあ』

　玲司の笑顔は、ぱあっと輝いた。

「――でも、あまりにも気を遣わないのはどうかと思いますけどね」

　言葉を続けたとき、かなりや荘の方から、カフェへと通じるドアを開けて、

「ただいま」

　かなりや荘の住人のひとり、デパートの美容部員の虹子《にじこ》が、色白の顔をのぞかせた。今日は早番《はやばん》だったのだろう。

「今日はお客さんがいっぱいで、楽しかったけどちょっと疲れちゃったから、お砂糖多めのあったかいミルク飲みたいなあ」

　くっきりとアイラインが描かれた、睫毛《まつげ》の長い大きな目には、お化けは見えない

らしく、その視線は茜音ひとりを見つめる。

「あれ、今日はお客さま他にいらっしゃらないの？　いつもいっぱいなのに珍しいわね」

ショートカットの髪を揺らして、店内を見渡した。ふわりと香水の良い香りが漂う。

「あ、ええと、今日は……」

「今日は？」

虹子はコートを脱ぎながら怪訝《けげん》そうに訊《き》き返して、あっと、マニキュアをした手で、その口元を押さえる。つややかなマニキュアも口紅も、秋の色ボルドーだ。茜音は自分ではメイクはほとんどしないけれど、その色彩が美しくて、絵を見るように見つめてしまう。眉《まゆ》と唇《くちびる》の輪郭《りんかく》の描き方も綺麗だなあと思う。

「今日、第二木曜日で、月に二回のカフェの定休日だったっけ。ごめんなさいね。わたしったらまた忘れてた」

茜音が覚えている限り、過去三回、虹子は定休日にカフェの扉を叩《たた》いている。かなりや荘の中からだと、扉には特に定休日の札《ふだ》はかけないせいもあって、今日みたいに中に明かりがついていれば、間違えてもしょうがないだろうと茜音は思う。

虹子はコートを腕にかけたまま、照れたように笑い、そのまま後ずさろうとする。ヒールの足下がぐらつき、転びそうになって、大げさに泳ぐように腕を動かした。このひとは美人だけれど、少しだけドジでうっかりや、よく転んだりぶつかったりしているのを、茜音は知っている。かなりや荘の他の住人たちから、ドジ子さんと呼ばれ、めげない明るい性格を愛されているということも。

茜音もこのひとが好きだった。ちょっとだけおしゃべりで噂話《うわさばなし》が好きなところだけは、困るなあと思うところもあるのだけれど。

あの、と、茜音は笑顔で声をかけた。

「新しいお菓子の試食をしてたんです。よかったら、一口いかがですか？」

「わあお。いいの？」

ぱっと虹子の表情が輝いた。

「もちろんです。ホットミルクも入れますね」

ブックカフェの大きな窓の向こうの空は、秋めいてあっという間に赤くなり、やがて美しく暮れてゆく。ユリカはもう東京のタレント事務所で打ち合わせをしている頃だろうかと茜音は考えた。

美味しい美味しい、デパ地下のケーキ屋さんのシュークリームよりも美味しい、と、ほっぺたを押さえるようにしてお菓子を堪能《たんのう》してくれた虹子は、暮れてゆく庭の情景を見ながら、ふといった。

「ハロウィンの頃って、ちょっと怖いけど、魔法めいていて素敵な季節よね。特に夕暮れ時とか、不思議なことが起きそうな気持ちになっちゃう」

茜音は、流しを片付けながらうなずく。

十月は、魔法の世界と近くなる月のような気がする。ハロウィンがあると思うからだろうか。それとも冬が近くなって、夕方と夜がすぐに訪れるようになるからか。現実の世界と不思議の世界との間の壁が、少しだけ薄くなる月のような気がする。

小さい頃から、クリスマスの十二月と並んで大好きな月だった。

（それにこの時期は店内の装飾も楽しくて好きなんだ。かわいいものをいっぱい飾れて）

ブックカフェは、ハロウィンの気配に満ちている。あちこちに黒猫や魔女の人形や絵を飾ってある。お化けや妖怪が出てくる本や絵本のコーナーも作ったし、特に表紙がかわいい本は面陳《めんちん》もしてある。洋書や昔の子どもの本も置いていることもあって、年齢を問わない、お客様に人気のフェアになった。

（十月三十一日が過ぎたら、クリスマスの飾り付けに変えるのかな。それとも一ヶ月くらいは、晩秋《ばんしゅう》の雰囲気を楽しんでもいいのかな）

茜音はいままでいろんなお店で働いてきた。店によって、いつクリスマスの飾り付けに変わるのかは違うものなあ、とぼんやりと考えながら、茜音は去年のクリスマスのことを懐かしく思い返していた。あの雪の夜、この洋館に辿《たど》り着いたときは、まさか自分が今日まで経験したような、楽しく穏《おだ》やかな日々が訪れるとは思っていなかった。

ハロウィンといえば、と、虹子がつぶやく。

「お化けの出そうな季節よね。ホラーっぽい時期っていうのかな。わたしってそういうの感じる方だから、毎年この時期は、背筋が寒くなったり、肩が重くなったりするのよね」

茜音は思わず、玲司と目を合わせた。

玲司は実はそのとき、虹子のすぐそばにいて、本棚に並ぶ本の背表紙を眺《なが》めていたのだけれど、興味深げに虹子を振り返った。

「そ、そうですか」

そうなの、と真面目な顔でうなずく虹子は、自分のうしろに本物の幽霊が立っていて、その背中にふうっと息を吹きかけるような仕草をしていることには気づかないのだろう。

茜音はくすりと笑い、何の気なしに、窓の外を見た。黄昏時《たそがれどき》の、赤紫色の光に照らされる中庭は、今日のこの時間も美しい。

そこに、誰かがゆらりと歩いていた。カフェの前を通り過ぎるようにして、ゆっくりと歩いて行く。その歩みがどこかぎこちなく見えるのは、そのひとの背丈《せたけ》が大きく、くまとかゴリラとか、そういう大きな野生の獣《けもの》めいて見えるからかも知れなかった。

そろそろ肌寒い季節なのに、半袖の、黒いレザー風の服を着て、肩の辺りでまくりあげている。盛り上がった腕の筋肉ががっしりしているのが、離れていてもわかる。

きらりと光るのは黒いサングラス。そして、モヒカン刈《が》りにそり上げた頭部だった。赤と金色に染められた髪はとさかのようで。

(なんだろう、あのひと)

少年漫画かアニメだと、悪役そのものみたいな見た目だ。

(それか、核戦争後の地球で活躍してそう)

そういう設定の漫画や映画を、あれこれと茜音は思い浮かべた。

やや離れているせいもあって、そのひとの表情はわからない。ただ、ポケットに手を突っ込んだ、気持ちうつむいたような歩き方からして、楽しそうには見えなかった。

（誰だろう？）

今日はカフェは定休日だし、中庭はもう、かなりや荘の敷地だから、あの辺りを歩いているなら、ここの住人である可能性は高い。

（あんなひと、いたかしら？）

茜音はひとの外見を記憶する能力に長《た》けている。けれどあんな独特な風貌《ふうぼう》の人物は記憶になかった。

（ここに住む誰かを訪ねてきた、お客様？）

首をかしげたとき、茜音の視線を辿《たど》るように、虹子が中庭の方をじっと見つめた。

「なに、あれ？　誰？」

椅子《いす》から腰を半分浮かせて叫ぶ。

そのときには、大きな人影は、建物の陰にすうっと入ってしまい、見えなくなった。

「虹子さんもご存じなかったですか？」

虹子は首をぶんぶんと横に振る。

が、一瞬置いて、もしかして、と顔を上げた。

「噂の怪《あや》しい新入りさんかも」

「『怪しい新入りさん』？」

「最近かなりや荘で暮らすようになった、謎《なぞ》のひとがいるって、いま噂になってるのよ」

虹子は声を潜《ひそ》めた。「プロレスラーみたいな大男で、髪はモヒカン刈りの派手な色で、先がつんつん尖《とが》ってる。とげとげのついた服に、黒いサングラス。首にもとげとげのついた首輪。ねえ、いまのそんな感じじゃなかった？」

「たしかに」

雲丹《うに》じゃあるまいし、そんなにとげとげした格好をして、痛くないんだろうかと茜音は思った。

「人間が嫌いなのか、近所の部屋の住人にも挨拶しないで住んでるらしいのよね。明るいうちは出歩かなくて、たそがれどきとか、どうかすると真夜中にふらついてるらしいんだけど、誰かに挨拶されても、サングラス越《ご》しの視線をこう、そらして、ああ、とかうう、とか低い声でめんどくさそうにいうだけなんですって。俺にかまうな、って雰囲気が全身からにじみ出てる感じだって」

「へえ」

「それ以上話しかけると血を見るぞ、俺のことは放っておくんだ、ってメッセージが背中から感じられるって話してくれた住人もいたわ。怖いわ。なんでそんな世をすねた極悪人みたいなひとが、このかなりや荘に来たのかしら」

「……極悪人」

いやそれはいいすぎなんじゃ。

「ええと、ちょっと無口でひとが苦手な、ファッションセンスが独特なだけのひとかも知れませんよ」

「あたりがうすぐらくなってから行動する、とげとげした服を着た怪しい男よ。きっと普通じゃないわよ」

「たとえば、ほら、音楽関係のお仕事なのかも知れないですよ。昼間は部屋で作曲してて、夜は出かけて、どこかのスタジオで録音したり、仲間と集まって演奏したりしてるのかも知れないです」

たとえばヘビメタなら、あんな格好もありだろう。

「そうかなあ」

なおも虹子が言葉を続けようとしたとき、「ただいま」と、元気な声を上げて、カーレンが金色の髪をなびかせて、カフェへと駆け込んできた。学校の鞄《かばん》を肩から提《さ》げている。

そのあとに続く。マダムがブーツの踵《かかと》を軽く鳴らしながら、穏やかな笑みを浮かべて、葡萄《ぶどう》色の秋物のコートが似合っていた。仲の良い孫と一緒のおばあさんのように見える。

このふたりにも、玲司の姿は見えない。けれど玲司が笑顔になり、ふたりに向かって、お帰りなさい、と口を動かすのを茜音は見た。生前の玲司は、ふたりのことも、アパートの他の住人のことも、好きだったのだ。人間関係に不器用で、恥ずかしがり屋だったので、そのことに気づかなかった住人もいたのかも知れないなあ、と茜音は思う。

「お帰りなさい、マダム。カーレンちゃんと一緒だったんですか」

茜音は、カーレンがジャケットを脱ごうとするのを手伝ってあげながら訊ねた。

「ちょうど学校から帰ってきたこの子と、玄関で会ったものですから。郵便局にお手紙を出しに行くのについてきて貰いました」

マダムには昔からの友人が多い。文通が趣味だという話を聞いたこともある。舞台女優だった時代の友人たちともやりとりを続けているので、思わぬ著名《ちょめい》な人物から手紙が届くこともたまにある。

「喫茶店でココアごちそうして貰っちゃった」

カーレンは長い髪を揺らして、その場で跳ねるようにして、茜音の顔を見上げた。

天使のようなこの子は小学四年生、日本語を流暢《りゅうちょう》に話すけれど、ほんとうは中《ちゅう》東《とう》のいまはもう存在しない国の生まれだ。両親を亡くし、いまはこのかなりや荘で、父親代わりの元ジャーナリスト、楡崎《にれざき》さんとともに暮らしている。

　去年のクリスマスの夜のこの子との出会いが、茜音をかなりや荘に導いた。その夜の雪の冷たさや風の冷たさを肩の辺りに思いだし、茜音は、それからこれまでの時間を懐かしく思い返した。

　ユリカの訪問とすれ違いになったことを知ると、マダムはお土産の紙袋を抱きしめ、ため息をついて残念がった。

「あのお嬢さんは、忙しいから、なかなか会えませんものね。せめて、綺麗な便箋《びんせん》で、松露饅頭のお礼の手紙でも書こうかしら」

「喜ぶと思います。ありがとうございます」

　ユリカは筆まめだということを、茜音は知っている。センスの良い便箋や切手を集めるのが趣味で、仕事の待ち時間の間に、せっせとお礼状を書いていたりするらしい。

（昔から、ペンやレターセットを集めてたものね）

　子どもの頃から、仕事をすることへの意識がしっかりしていたユリカは、子役時代から、お礼状を書く習慣を身につけていた。その頃は、よく文面について相談を受けていたものだ。ユリカが少しずつ成長し、選ぶ便箋がおとなっぽくなり、字が丁寧《ていねい》になっていくうちに、その機会は減っていったのだけれど。

（振り返ると、わたしは全然成長してないなあ）

茜音は軽くため息をつく。一緒に遊び、手をつないで歩いてきた友達なのに、どんどん先に行ってしまうようで。走っても追いつけないような遠くに、行ってしまったようで。

（いつか、わたしのこと、友達と呼んでくれなくなる日が来るのかも知れないな）

今日みたいに訪ねてきてくれることもなくなるのかも……。

このままだと置いて行かれちゃうな、と思った。せめて茜音に、もっと漫画の才能があれば、胸を張っていられるのだけれど。

（わたし、漫画へただからなあ）

担当編集者の美月《みづき》も、かなりや荘の人々も、茜音は絵がうまい、漫画が上手だ、といつも褒《ほ》めてくれる。茜音にはどうしてもそうは思えないのに。

実際、その証明のように、美月にネームを読んで貰っても、はかばかしい反応が返ってこない。「いいねえ」と口では褒めつつも、表情が輝いていないのが見て取れる。何かが足りない、物足りない、そう思っているひとの表情、そして眼差《まなざ》しだ。それを何度も見た。そして美月は、笑みを浮かべて、「またネームを描いてみて欲しいな」というのだ。茜音にテーマを与えて、こんな話を考えてみて、と。

ここ数ヶ月、ずっとその繰り返しだった。

描いていけば、こんな風に編集者にネームを見て貰っていれば、いつかはうまくなると思っていた。けれど、もしかしたらこのまま、少しもうまくならないままで終わるのかも知れない。茜音に才能がなければ、そんなこともあるだろう。せっかく名伯楽《めいはくらく》に声をかけて貰ったのに、漫画家として大成《たいせい》できないままで終わってしまうのかも。

美月に申し訳ない、と思った。

彼女の時間を無駄にしてしまう。かなりや荘の人々も、茜音を応援してくれているのに、がっかりさせてしまうことになる。

そして、ユリカ。

(見放《みはな》されちゃうかなあ)

(華やかな世界にいる子なんだもの)

茜音はうつむき、でも微笑んだ。小学生の頃、講堂の舞台の上でスポットライトを浴びていた綺麗なユリカ。お姫様か星の世界から来た妖精のようだったユリカの姿を、茜音は暗い客席から、息をするのも忘れて見ていた。

(何て綺麗なんだろう、と思ったんだ)

ユリカが自分の友達であることは誇らしくて、嬉しいことだったけれど、でも、ユリカがそこにいるというだけで十分に幸せだと、そう茜音は思った。――たぶんいまも、その思いは変わらない。

（わたしはずっと、友達だと思ってるから）

どんなに遠ざかっても。

世界でいちばん大切な友達だから。

「ところで」と、虹子が切り出した。

「マダム、あの謎の新人さんって、一体どういう方なんでしょうか？」

「あの謎の、といいますと？」

「夜行性の、尖った頭の、とげとげの服の」

虹子は両手で頭上にとさかのようなかたちを作って見せた。

ああ、と、マダムは楽しそうに笑った。

「あの方、ジャガーさんと、もうお話ししましたか。楽しい方でしょう？」

「ええ、たしかに。その、別の意味では」

虹子は口ごもる。

ジャガーという名前なのか、と、茜音は口の中で繰り返す。いよいよ猛獣だ。芸名なのだろうか。どんな職業に就《つ》いているのだろうか。プロレスラーとかだろうか？

「わんちゃんみたいなお兄さんのこと？」

カーレンが目を輝かせる。

「わんちゃん？」

「あのとげとげのかっこいい首輪。自分で作ったんだって。あのね。ブレスレットもおそろいでとげとげしてるんだよ。それも作ったんだって。すごいよね。器用だよね」

茜音は思わず笑ってしまった。

「とげとげの首輪ってかっこいいの？」

「うん。だって強そうじゃない」

子どものセンスには謎が多い。

茜音は身を屈《かが》めて、カーレンに訊ねた。

「あのお兄さんとお話ししたことがあるの？」

「うん。こないだ、真夜中に眠れなくてお庭で星を見ていたら、あのお兄さんが通りかかったの。こんばんは、って挨拶してお話ししたの。子どもは夜中にひとりで庭にいたりしたらだめだぞ、って怒られちゃった」

てへへとカーレンは笑った。「あのひとね、面白いんだよ。真夜中なのに、真っ黒いサングラスかけてるの。どうしてって訊いたら、『内緒の話だけど、俺は魔界から来た魔族の王子なんだ。光を見ると目が痛むのさ』っていってた。綺麗で、かっこいい声だったよ。

まさか、って思ったけど、ちょっと本物っぽく聞こえたの。でね、そのとき、楡崎のおじさまがわたしを捜してお庭に来たから、お返事して、バイバイしたの。とげとげのお兄さん、コンビニにお買い物に行くっていってた。魔族の王子様も、コンビニに行くんだね」

カーレンは笑って肩をすくめた。

同じく笑顔のマダムに、茜音は、

「よさそうな方ですね」

「ええ、ジャガーさんはいい方よ。そうでなけりゃ、わたしがこの大切なかなりや荘に住まわせるわけがないじゃないですか」

おほほ、とマダムは笑う。「あの方、どうしてもここに住みたい理由があって、東京からわざわざ探して来てくださったんですって。理由をうかがって、ちょうど空《あ》いた部屋があってよかったと思いましたよ」

何を思うのか、優しい眼差しでそういって、ふと思いついたように、茜音を見つめた。

「茜音さん、特にあなたは、あの方とお話があうと思いますよ。一度声をかけて、お話ししてご覧なさいな。何しろあの方は……」

そういいかけたとき、建物のどこかで、奥様、奥様、と、マダムを呼ぶ声がした。

「あら、銀次《ぎんじ》さんだわ。どうしたのかしら。

では茜音さん、虹子さん、またね」

そういうとマダムは急ぎ足で行ってしまい、カーレンも気ままな子猫のように、ふわりとカフェを出て行ってしまった。

ブックカフェの中は、急にしんとして、取り残されたかたちになった茜音と虹子は、互いに見つめ合った。

「あのう、さっきの方、多少服の趣味は変わってらっしゃるかも知れないですが、やっぱり、悪いひとじゃあないんじゃないでしょうか」

「どうかしら」

虹子は首を横に振った。

「怪しいものは怪しいと思うのよ」

そういって、コートを腕にかけて、カフェから出て行った。

茜音は窓の方を見た。すっかり夜になった中庭には、いまはあの謎のひとの姿はない。

気がつくと、玲司が顎《あご》に手を当て、何事か考え込むようにしていた。

『あのさっきの、漫画の世界から出てきたような、とさか頭の全身とげとげ男さ』

茜音を目だけで振り返って、いった。

『俺、前にどこかで見たことがあるような気がするんだよね。あいつ、もしかしたら、俺の知り合いのような気がしないでもない』

「お知り合い？　お友達とかですか？」

『うーん。いや、どうなんだろう？　ただちょっと不思議なのは、俺ひとの顔や名前を覚えるのがすごい得意でさ、記憶力も天才的にいい方なのに、あいつが自分とどういう関係の人物だったのか、どうしても思い出せないんだ』

ああやっぱり思い出せない、そもそも、俺の友達にあんなセンスが悪いのいたかなあ、と玲司は続ける。

『なんでまた、とげとげにとさか頭に黒いサングラスなんだ？　ださいなあ』

知り合いかも知れない相手にひどいことというなあ、と思いながら、茜音は明日に備えて、カフェを片付ける。明日も九時には開店だ。もちろん開店準備はもっと早い。マダムが来るよりも前に、茜音は一通り、掃除をし、飲み物や料理の準備をして、本棚の本を並べ直したり、花瓶《かびん》の花を生《い》け直したりする。早起きもからだを動かすことも好きだから、明日もここで働けるということが、ふんわりと楽しみだったりする。

椅子を綺麗に並べ直し、五つあるテーブルを乾いたふきんで磨いているうちに、ふと、

（わたしは紅林先生の、「日常」って知らないんだな）

と思った。

（漫画家じゃない、ただの紅林先生のこと、わたしは何にも知らないんだな）

胸の奥に小さな棘《とげ》のような痛みがあった。

紅林玲司という漫画家のファンで、すべての著作を読んでいて、いまは師、あるいは先輩と呼んでもいいと思っているほどに、心が近しい存在であったとしても――茜音には知らないことがたくさんある。

玲司がこの世界に生きていた頃、彼にはどんな友人や恋人がいたか。学校や大学で、どんな表情で授業を受けていたか。漫画家になる前は、どんな日々を過ごしていたか。

（知らないんだ、何も）

すぐ近くにいても、とても遠いのだ。この距離はたぶん一生、縮まることはない。この先どれほど、時を重ねても。

茜音は下唇を噛《か》んで、ただ黙って、テーブルを磨き上げた。

『誰だったかなあ』
天井《てんじょう》を見上げてなおも考え続けている玲司の声が、のほほんとして聞こえた。

2

枯れ葉舞う書店にて

都内神楽坂《かぐらざか》の古い通りの一角に、ユリカのお気に入りの小さな書店がある。

夜の七時。早めに打ち合わせが終わった後、事務所からの帰りに、ユリカはその書店に立ち寄った。事務所からはそう遠くなく、けれどどこんなところに書店が、というような、細い裏通りにその店はある。手作りの看板に描《か》かれた店の名と鷗《かもめ》のマークが愛らしい。

二年ほど前、その店ができた秋にたまたま立ち寄ってからというもの、折に触れ、足が向く場所になっていた。そこに行くときは必ずひとり。ユリカにとって、隠《かく》れ家《が》のような場所だった。

そのお店にはいつも、静かなピアノ曲が流れている。古い木で作られた、手作りの美しい棚《たな》に、古今東西《ここんとうざい》のセンスの良い本が並んでいるのもいいし、店内にコーヒーショップがあって、たまにふわりとその香りが漂《ただよ》ってくるのには癒《い》やされる。店の奥にごく小さな画廊《がろう》と雑貨のコーナーがあるのも良い。

そこに並ぶ綺麗《きれい》な写真や雑貨を見ていると、仕事の疲れをいつか忘れる。雑貨のコーナーには、海外のかわいくチープな文房具もあって、最近のユリカのお気に入りは、ここで買ったクロアチアの透明なプラスチックの万年筆だった。華奢《きゃしゃ》なおもちゃのような、それでいて書き味の良いそれに、揃《そろ》えて買った青いカートリッジのインクを入れて、手紙を書いたりするのが楽しい。

ベストセラーや話題の本は、ここにはあまり並ばない。街の大通りにある大きな書店のように、そういう本がうずたかく積まれたりすることもない。けれどユリカは、この店が好きだった。店内のそれぞれの場所に、本や雑貨を選んで置き、並べた店のひとたちと、無言で対話するような気分になったりしながら、好みの品を見繕《みつくろ》う時間が楽しい。

それに、大きな書店では同じ業界の知人や友人たちと出くわすこともある。芸能人である自分を指さし、遠慮無く話しかけてくる人々と会ってしまうこともある。この小さな書店なら、その危険もいくらか少なかった。

人前で顔を上げ笑顔で話すこと、華やかな姿や言動で注目されること。それを仕事にしているユリカには、普通の若い娘のようにただ静かにそこにいることを楽しめる時間は、宝物のように大切だった。店のスタッフたちも、それと察《さっ》しているのか、笑顔は惜しみなく向けてくれるけれど、必要以上に見つめず話しかけてこないのもありがたかった。

店の入り口近く、雑誌やムックが置いてあるコーナーのそばに、折々《おりおり》のテーマごとに選ばれた本を置いてある平台《ひらだい》がある。身を屈《かが》め、その辺りを見ていると、ガラスの扉を重そうに押して、男の子がひとりで入ってきた。

ランドセルが大きく重そうだ。学校の帰りにしては遅い時間なのと、どこかで知っているような子に思えて気になった。

男の子と目が合う。黒目がちの瞳《ひとみ》のその子は、長い睫毛《まつげ》でまばたきをして、会釈《えしゃく》した。

「こんばんは。お疲れ様です」

同じタレント事務所の、売れっ子の子役、一条翔馬《いちじようしようま》だった。笑顔が愛らしい上に礼儀正しく、きちんと敬語が使える少年だ。柔らかい雰囲気《ふんいき》のわりに独特な強さと勝運があり、次々と大役を射止《いと》めてくる。最近では次の大河ドラマの主人公の、子ども時代の役のオーディションに合格したらしいと聞いた。

翔馬は迷う素振りも見せず、店の棚のある場所を目指す。もしかしたらこの店によく来るのかな、と、ユリカは思う。ちょうど自分のように。ひとりで。そういえばこの書店は、知るひとぞ知る場所になっているらしい、と、ネットの噂《うわさ》を読んだことがある。

翔馬のように有名な子役にとっても、この裏通りの書店は、大切な隠れ家なのかも知れない。そう思うと、どこか密《ひそ》やかな同志のような気持ちにふとなったりもする。

小さなからだで、高いところにある写真集をとろうとする様子が危なっかしいので、ユリカはそばにゆき、本を棚から抜いて、手渡した。

「ありがとうございます」

翔馬は嬉《うれ》しそうにユリカを見上げて笑顔を見せる。

ジャンボジェット機の写真集だった。分厚《ぶあつ》くて重たい。表紙だけでも、いい紙が使ってある良い写真集だと見て取れた。

「飛行機好きなの？」

「はい」翔馬は大事そうに本を抱《かか》えて、

「やっとお小遣《こづか》いが貯《た》まったから、買いに来ました。売れてなくて良かった」

乗り物に興味があるなんて、年齢相応なところもあるんだな、と、ユリカは笑ったけれど、翔馬は言葉を続けた。

「飛行機とか星とか、鳥とか風とか、そういう、空や宇宙に関係するものが好きなんです。だから、宮沢賢治《みやざわけんじ》とかも好きです」

「『銀河鉄道の夜』とか？」

「はい」

「あたしも好きで、たまに読み返すけど、あれは昔の本でしょう？　難しくない？」

翔馬は微笑《ほほえ》む。

「漢字の勉強も兼《か》ねて、自分で辞書を調べながら読んだりしています。ぼく、歴史物や時代劇のお仕事もあるので、台本を読むためには、漢字の勉強もしなきゃいけないですから」

「辞書、自分で引けるの？　難しくない？」

翔馬は少し得意そうに胸を張り、ゆっくりと首を横に振った。

「うちには母の仕事の関係で、紙の辞書がたくさんあるんです。百科事典もあります。それに引き方は母に教わったので、大丈夫です」

立派だなあ、とユリカは思った。

（三年生だったっけ）

自分はそれくらいの頃《ころ》、宮沢賢治を読めただろうか？

（……いや、絶対、無理だったよ）

ユリカが本を手に取るようになったのは、小学校の五年生くらいからだった。それまでも茜音《あかね》に薦《すす》められるままに、茜音の家にあったいろんな本を読んだり、借りたりしていたのだけれど、さらに積極的に、自分で本を選んで読み出したのは、そのあと、高校に入学したくらいの時期のことだった。

進学コースには進まなかったのに、茜音は賢かった。難解な本もさらりと読み解き、ニュースの話題もかみ砕《くだ》いて説明してくれる茜音が、ひとりだけおとなになり、どんどん先に行ってしまいそうな気がした。置いて行かれてしまいそうな気がして、せめて、もっと本を読めるようになろうと思ったのだ。

（このままじゃ、馬鹿なおとなになると思ったんだ）

役柄《やくがら》でお馬鹿なキャラを演じるのはいい。でも、愚《おろ》かな人間にはなりたくなかった。そんなかっこわるいこと、自分に許したくない。

でも子ども向けでない本は、どの本もみんな難しく思えた。それこそ辞書を引きながらページをめくった。最初は辞書の引き方さえ、おぼつかなかった。茜音に手ほどきして貰《もら》い、やがて、自力で何とか使えるようになった。

ファッション誌は事務所や美容室にあるので、もともと開いていた。掲載された記事を参考に、タレントたちのエッセイ本を読み、そのうち少しずつ、巻末の辺りのコーナーで紹介されている、綺麗な装幀《そうてい》の文芸の本や、読みやすそうな文庫にも手を出していった。

そうして、気がつくと、本を手にしても以前ほどは難しいと思わなくなっていた。いまでは漢字も読めるようになったし、たぶん年齢並みにいろんな言葉やいいまわしも覚えたけれど、持ち歩くブランドものの大きな鞄《かばん》の中には、電子辞書を必ず入れている。

翔馬が「あっ」といって、雑誌とムックの棚へと数歩駆けるようにして近づく。大切そうに棚から取り出し、持ってきたのは、女性向けのセンスの良さそうな暮らし方の本だった。家事や収納や子育ての知恵などがお洒落《しゃれ》な写真や絵とともにまとめられているものらしい。美しい本だった。

「これ、うちの母が作った本なんです。うちの母、本を作るひと——編集者、なんです」

手渡されてぱらぱらとめくると、そういった本にありがちな生活臭《しゅう》はほとんどなく、ページの一枚一枚を壁に飾りたくなるような、洒落《しゃれ》た本に仕上がっているのだった。それでいて、興味を惹《ひ》かれる。真似《まね》してみたくなるようなちょっとした工夫《ふう》があちこちにある。

裏表紙を見る。大手の出版社から出ている本だ。翔馬が背伸びするようにしていった。

「あ、その会社、この仕事を最後に母は辞《や》めたんです。正社員、だったのに、辞めちゃって。でもどうしても、フリーに戻って、もともと勤めていた出版社に戻らなきゃって」

引き継ぎが、大変そうなんですよ、と、ため息をつく。

「『戻らなきゃ』って？」

翔馬はおとなびた表情で肩をすくめた。

「『好敵手が戻ってきたから元の戦場に戻る』んだそうです」

何だかよくわからないけれど、勇ましくて、楽しそうな話だと思った。

「あたし、これ買おうかな」

「ありがとうございます」

ぴょこんと翔馬が頭を下げる。そして顔を上げると頰《ほお》を染めて、言葉を付け加えた。

「東《あずま》さんはこの本、気に入ってくれるかなと思ってました。えっと、なんとなくですけど」

一度こんな風にお話ししてみたかったんです、と恥ずかしそうな表情で笑った。

「綺麗なひとだなあと思ってました。あと、東さんは、時間があればいつも本を読んでる。ぼくと同じで、本が大好きなのかな、って」

ユリカは微笑むと、翔馬の頭をくりくりとなで、レジに向かった。翔馬もついてきて、ふたりともそれぞれの本のお会計をした。

時間があると翔馬がいうので、そのまま店内のコーヒーショップで、お茶にした。彼が自分の財布から硬貨を出そうとするのを押しとどめ、ユリカはふたり分の支払いをして飲み物を買った。

カウンターの背の高い丸い椅子に、翔馬はよじのぼるようにして腰掛けた。いつもはひとりで来るので、ここで何か飲むのは初めてです、と嬉しそうに、でも緊張した声で彼はいった。

翔馬にはココア。自分にはカプチーノ。甘い香りがふわりと店内に漂った。大きな窓の外には街路樹の枯れ葉が風に舞い、歩道の煉瓦《れんが》へと落ちてゆく。紅葉が美しかった。

「そっか。なるほどね、一条くんのお母さんは出版社勤務だから、それでおうちに辞書がたくさんあったりするんだね。きみが本を好きなのも、お母さんの影響なのかな？」

「ええ」翔馬は得意そうに言葉を続ける。

「母はぼくの自慢です。難しい本も外国語の本も読めるんです。それと、美人でかっこいいんです。その、ちょっと東さんに似ています。足が長くて、モデルさんみたいなの。うちは父がいないんですが、母がいるので、いいんです。ふたり分、かっこいいから」

翔馬はにっこりと笑う。

「母は、綺麗なお洋服や、綺麗なお姉さんの写真がたくさん載《の》っているような、雑誌やムックを作るお仕事をしてたんです。だからうちにはたまに、モデルさんたちが来るんですけど、どんな美人よりも、ママ……ううん、母の方が綺麗だって思うんです」

（女手ひとつでこの子を育ててるのか）

父親がいないというのは、どういう事情かわからないけれど、自分から話さないものを、あえて訊《たず》ねるつもりもない。

ただその見知らぬ母親のたくましさを思うと、友人茜音の母、小説家の須賀《すが》ましろのことがどうしても思い出され、その精神的な弱さに、ついため息をついてしまう。何しろ彼女は、去年のクリスマスに茜音を置いてこの街を出たきり、担当編集者を通して一言伝言を残したきり、帰ってきていないのだから。

（どこでどうしているのやら）

腹立たしい思いと、苦い思い。心の底に、懐《なつ》かしさと切なさと、そのひとを案《あん》じる思いがある。元気でいるのだろうか。病気になって寝込んだりしていないだろうか。

駄目なおとなと罵《ののし》るのは、つまりはそのひとが好きだから。そのひとのことを子どもの頃からずっと身近に思っているからだった。大切だった。だから言葉にはしないまでも、母の行方を心配しないように見える茜音に対していらだちをおぼえることもあった。

子どもの頃。ユリカと茜音が小学生くらいだったときは、そのひとをあまりおとなとは思わず、年長の友達のように、お姉さんのように慕《した》って、一緒に遊んでいた。

ましろは手先が器用で、原稿を書く合間に、いろんな細工物を作ってくれた。黒い紙に花や妖精の姿を切り抜き、色とりどりのセロファンを貼って、ステンドグラスのようなものを作ってくれたり。お菓子の入っていた紙の筒に銀紙やビーズを入れて、万華鏡《まんげきょう》を作ってくれたり。

あまり話すひとではなかったけれど、言葉少なに、子どもの頃、両親が共働きで家にいなかったし、きょうだいは年が離れていたから、家でひとりでおもちゃを作って遊んでいたのよ、と、微笑みながら話してくれたことがある。

(あたしと同じだ)

ユリカはそう思ったことを覚えている。音楽一家の両親もきょうだいたちも、ユリカひとり家において、いつも何かのイベントや演奏旅行に出かけていた。虐《いじ》められたわけでも、嫌われていたわけでもない。ただ、家族と違って、音感がなく、楽器を弾く指もうたう声も持たないユリカは、連れて行って貰えなかったのだ。

それを仕方がないことだと思っていたけれど、やはりさみしかった。優しい家政婦さんたちがいても、美味《お》しい食べ物や美しい着るものやおもちゃがふんだんに用意されていても、置き去りにされることが辛《つら》かった。

(あの頃のあたしの隠れ家は、もうひとつの家は、茜音の家だったんだ)

茜音はいちばんの友達で、姉妹でもあった。血の繋《つな》がった家族よりも、もしかしたらもっと心の通い合う、大切な存在だった。

(ずっと友達でいたいな)

(いられたら、いいのにな)

『銀河鉄道の夜』をふと思い出したのは、コーヒーショップのカウンターに青紫色の竜胆《りんどう》の花が生《い》けてあったからかも知れない。

竜胆の花が咲く秋の夜、銀河鉄道に乗って旅だったふたりの子どもたち。ジョバンニとカムパネルラは、ずっと友達でいることができなかった。ふたりの旅は途中で終わり、ジョバンニは地上に戻る。カムパネルラだけが、銀河鉄道に乗って行ってしまったのだ。

(さみしいこと思い出しちゃったな)

ユリカは苦笑した。冷め始めたカプチーノを口にする。隣の席で行儀《ぎょうぎ》良《よ》くココアを飲んでいる翔馬を見て、思った。

(この子のママって、どんなひとなのかなあ)

美人で知的なお母さん。ひとりで我《わ》が子を育てる女性編集者。

女性誌の編集者とは仕事の関係で会うこともあるけれど、独特な視線の強さを持つひとが多い。頭の回転が速く、即断即決が得意なのは、「判断すること」が編集者の仕事だから、と、どこかの雑誌の編集長に聞いたこともある。ひとつの記事、ひとつの作品の方向性を決めること、オーケーを出すこと、やめること。そして、自分の決断に自信と責任を持つこと。編集者の仕事とは、日々その繰り返し、なのだそうだ。

（たしかに）

ユリカは、茜音の担当編集者、神宮司美月《じんぐうじみづき》のことを思い出す。彼女は漫画雑誌の編集者だけれど、過去に会ってきた編集者たちと同じ視線と優れた判断力を持っているように見える。

かなりや荘に茜音を訪ねていくと、たまに遭遇するそのひとは、大柄《おおがら》なからだによく似合う、縞馬《しまうま》柄や豹《ひょう》柄のスエット姿でのんびりしていたりもする。けれど、茜音と原稿のことを話しているときの、会話の合間にふと見える眼差《まなざ》し、ひとりで考えをまとめようとしているときの表情は、強く孤独で、まわりに誰かがいても、ひとり荒野をゆくひとのように見えたりもする。

（この子のママも、あんな感じなんだろうなあ）

買ったばかりのムックは、素人目《しろうとめ》にも出来が良く、隙《すき》のない美しい本だった。こんな本を作る編集者に、「好敵手」と呼ばれる編集者（ということになるのだろう）とは、果たしてどんなひとなのだろうか。

3

柱時計は時を刻む

机に突《つ》っ伏《ぷ》して眠っていた神宮司《じんぐうじ》美月《みづき》は、誰かに呼ばれたような気がして、顔を上げた。

辺りを見回す。

薄暗く広い部屋には、美月の他は誰もいない。

ここ、創瑛社《そうえいしゃ》の本社ビル——その高層階の古く大きな会議室では、隅《すみ》に飾られた豪華な柱時計が、静かに時を刻み続けるばかりだ。

いつのまにか、夜になっていたらしい。

金色の針は、七時過ぎを指している。

この会議室はあまり使われず、その前の廊下《ろうか》をひとが行くこともほとんどないので、美月のお気に入りの場所だった。

疲れたり、睡眠が足りていないときに、ひとり静かにうたた寝するには、ちょうどいい部屋なのだ。

背中の方からひやりと夜の空気を感じる。振り返ると窓の向こうには時刻のとおり、夜が訪れていた。

大きな窓には、ロールカーテンがゆるく下ろしてあり、隙間《すきま》には夜の闇《やみ》が見える。高層階からの景色なので、街に灯る、金色の光の粒の煌《きら》めきや、道路を行く車のライトも見える。

（ちょっとだけ、寝過ぎちゃったかな）

長い髪をかき上げ、薄手のセーターの首の辺りを揉《も》み、指先でかく。まだよく目が覚めないのは、ここのところ、遠方への出張が重なり続いた上に、月刊の漫画雑誌の校了《こうりょう》が近く、いつ寝たかわからないような日々を繰り返していたからだ。

窓の外が暗い夜はいいとして、ガラス越しに見える空が赤かったら、夜明けなのか夕暮れ時なのか、時計を見てもわからないような、そんな日々を過ごしていた。

「あー、喉渇《のどかわ》いた」

椅子《いす》に座ったまま手だけ伸ばして、床に置いたバッグから、紙パックの人参《にんじん》ジュースを取り出し、ストローをさした。生《なま》ぬるい甘酸《あまず》っぱさに、少しずつ脳が目覚めていくのを感じる。

「新雑誌、ねえ」

目の前の仕事、今月分の雑誌の作業が無事に終わろうとしつつあるいま、寝起きの脳が思い出す記憶は、最近いちばん興奮を覚えた、数日前の会議の内容だった。

美月が勤める出版社は、来年の春に刊行の予定で、新しい漫画雑誌をスタートさせるらしい。らしい、というのは、その雑誌の企画が立ち上がり、練り上げられ、ある程度まで進んでから、美月はその雑誌のことを知ったからだった。新卒の頃《ころ》から勤めていて、それなりの実績も積んでいた出版社の編集部を、わけあって一時期離れていたのだ。

この春から以前と同じ、月刊の青年誌の編集部に復帰して、少しずつ仕事のページを戻し、いまは全盛期の三分の二くらいは働けるようになっていた。かつて担当し（結果的に仕事半ばで投げ出すことになっていた）担当作家たちに頭を下げ、それぞれに許され、復帰を喜ばれて、また原稿をともに作り上げてゆく日々に戻りつつあった。

担当作家たちの間でも、その新雑誌のことはよく話題になる。編集部から声をかけられてすでに企画を考えている作家も多い。

その雑誌、仮称「月刊グラン・エール」は、青年誌ではない。しかし少年漫画誌でも少女漫画誌でもない。おとなの読者を対象に、読み応《ごた》えのある、クオリティの高い作品を、ジャンルを問わずに集める予定だった。紙質はあげ、おとなが本棚《ほんだな》に飾っても恥ずかしくない、美しい装幀《そうてい》にする。保存しておきたくなるような、美麗《びれい》なグラビアやポスター、センスの良い読み物のページも設《もう》けるのだという。

漫画マニア向けではない。むしろ活字が好きで、読書の習慣があるような、普通のおとながターゲットの漫画誌。一度きり眺めたら読み捨てられるものではなく、繰り返し鑑賞して貰《もら》えることを目標に、そういう作品を集める。いまの時代の良い漫画を現在進行形でコレクションしていくような、そんな雑誌にするのだそうだ。

ある程度号数を重ねたら、本棚になるような豪華なケースを販売してもいいね、価格設定はどうする？　なんて話まで飛び交《か》っている。

「面白い企画が通ったものだなあ」

ストローを奥歯でかみつぶしながら、美月は呟《つぶや》く。

漫画雑誌を含む雑誌が売れなくなっているいまの時代に、原価が高くなる、つまり定価も高くなって、つまりは発行部数を多くできないだろう高級な漫画雑誌を発行する。

長い出版不況が続き、みんなが慎重になっているこの時代に、よくこんな企画が通ったものだと正直思う。編集長が何かと博打《ばくち》が好きで、いままでも危うい企画を通し、成功させてきたことが、営業や会社の上層部を説得するための材料になったのだろう。

あるいはもともと、創瑛社——この会社の社風そのものが、冒険を好んでいるのかも知れない。何しろ、夢と憧《あこが》れ、未知の世界への冒険をうたう、少年向けの漫画雑誌がメインの出版物、という出版社だ。

「しかしまあ、この時代に、新雑誌か」

無謀だよね、とつい呟いてしまう。

各種資料を見ても、年々売れなくなってゆく、漫画雑誌。美月がいる出版社だけの話ではなく、また漫画誌だけのことでなく、いまの時代の日本では、もはや雑誌は売れない。

携帯電話、そしてここ数年の間に一気に普及した、スマートフォンに、いままで読み手だった人々の「余暇《よか》」は奪われてしまった。

たとえばかつて電車の中で雑誌を広げていた通勤通学の途中の人々は、いまはスマートフォンでゲームをし、あるいは、TwitterやLINE、Facebookで誰かとやりとりしている。帰宅してのちの時間もそうだ。雑誌を手に取る人々はずいぶんと減ってしまった。

つい数年前までは、雑誌を手に取り見つめ、そこから情報を得て、泣き笑いしていたたくさんの瞳《ひとみ》が、手の中の端末を凝視《ぎようし》するようになってしまった。

「悲しいかな、雑誌や新聞という文化は——そういった紙とインクがもたらす情報は、いまやインターネットには敵《かな》わないんだよな」

会議のとき、自分の席を立ち、白熊《しろくま》のように編集部の中を歩きまわりながら、編集長はいった。そういったとき、落ち着きなく歩くことも、火のついていない煙草《たばこ》をはさんだ指をふるオーバーアクションも、編集長の癖《くせ》だった。白髪《しらが》交じりの長い癖のある髪と、腕まくりしたワイシャツ、大きな体躯《たいく》も白熊を連想させた。

「ネットもね、まだ通信をパソコンや、やっとネットに繋《つな》がるようになったばかりの携帯電話を使ってする時代だった頃には、そこまで脅威じゃなかったんだ。それがここ数年、老いも若きも男も女も日常の場で使えるように進化したスマートフォンを手にし、その端末が機械だと意識せずにみんなが使う時代になったときに、事情が変わったんだよな。

ご近所や国内の話題はあたりまえ、日本から遠くの国のどこであったどんな事件も、タイムラグなしに、手の中でわかるようになってしまった。この地球の裏側に立っている見知らぬ誰かの喜びも悲しみも、自分の家にいながら共有できるようになっている。そんな時代に、ひとが足で取材して聞き込みをしてせっせと手でまとめた記事を、紙で印刷して手元に届けたり、書店やコンビニの雑誌の棚に並べていらっしゃいませと買って貰う文化なんて、成り立つはずがないんだよ。情報が手の中に入るまでの速度が遅すぎる。いくら良い記事でも鮮度も落ちる。

紙の雑誌は、ネットに負けたんだ。少なくともその内容の、情報の速さに関してはね。

でもまだ、情報の質や正確さで負けたわけじゃあない。本質では負けてはいないんだ。そこにまだ、希望があると思ってる。パンドラの箱の中の最後の光がね。

世界の流れは変えられない。人間の暮らしが便利な方へと進むにつれ、どうしたって負けてしまうもの、置き去りにされてしまう事柄《ことがら》は出てくる。進化ってそういうものだから、まあ仕方ねえわな。だからさ、これからの雑誌は、ネットの良い部分も取り入れて、それに助けられつつ、生き残っていくべきだと俺は思う。一種ハイブリッドな、それがたぶん、これからの雑誌の姿だと俺は思ってる。

スマートフォンの画面をいつも見ているのなら、その彼ら彼女らの見つめる画面に、面白そうな漫画の情報を何とかして、映し出してやればいい。ゲームもいい、SNSでのやりとりも楽しいって知ってるよ。でも、面白いものはここにもあるぜって教えてやればいい。

それにはいろんなやり方があるはずだ。そうして俺たちの――漫画の世界に、一時的でもいい、読者を引き戻すんだ。我々《われわれ》はそうして帰ってきた読者たちが、その足を止めて戻ることを忘れ、読みふけってしまうほどの、良質で魅力的な作品を用意すればいいんだ」

いま、各種SNS、特にTwitterでおとなたちが自主的に、自分の好きな漫画について呟き、語り合い、薦《すす》め合っている流れがある、と、編集長はみんなの顔を見回しつつ、話した。

「子どもの頃や、若い頃に漫画を読んでいた世代で、日々の忙しさの中で卒業する形になっていたけれど、Twitterで教わった作品を手にしたことがきっかけで、また読むようになった、というおとなは意外に多いんだ。

いや別に、誰がそういった人々の統計を取った、というわけでもないんだけどね。

この俺が、そう思ったんだ。『俺のフィーリング統計』ね」

親指で自分を指さし、そしてまた部屋の中を歩き出した。

まるで舞台劇の役者のように、編集長は朗々《ろうろう》とその言葉を続ける。

「そういったおとなたちは、金銭的にゆとりがあるから、気に入った作品があればシリーズのまとめ買いもする。全巻一気買いとかね。一種子どもの頃の意趣返し《いしゅがえ》というか、あの頃できなかった、憧れていた夢の実現みたいな気持ちもあるんじゃないかな。

ただし彼ら彼女らは、一度漫画を卒業して成長し、社会人経験を積んだり、各種活字の本をひととおり読みこなしたりするスキルも持っている。だから、小手先《こてさき》で描《か》き、仕上げたような作品は、底が浅い、リアリティがない、つまらないとそっぽを向かれてしまう。——ただし、そのかわりにね、その作品がツボったときの反応は心強い。自分が夢中になって読みふけるだけでなく、今度は自分もまた、リアルの友人知人やフォロワーたちに、作品の良さを伝えようとする。作者や編集部の公式アカウントがあれば、積極的に繋がって感想を伝え、応援の意思を見せようとする。新刊が出るときには、まるで祭りにでも参加するかのように、書店やネット書店で本を探して買い求め、その写真をUPし、SNSや各種レビューサイトにいち早く感想を投稿する。ある意味、読み手の代表のような、全国の書店員たちも、それに連動して動き、その作品と作者を推《お》そうとする。

誰に頼まれてそうするわけでもない。当然、煽動《せんどう》されているわけでもない。愛情を持って迅速《じんそく》に行動することが作品を応援することになると、理解して自《みずか》ら動く。明らかに、昔はいなかった、主体的に作品を読む読者のかたちが生まれ、根付きつつあるんだ。

まあね、もともと、Twitterなんてやってるようなおとなたちは、好奇心旺盛《おうせい》で、フットワークが軽い層が多いからね。でさ、思うんだ。彼らとうまく手を取り合うことができれば、新雑誌はきっと手堅《てがた》く売れるだろうと。少なくとも、売れる可能性の種をまくことはできるだろうと。できれば爆発的に大売れして、素敵なことになって欲しいが、いまはまだ、そこまでは望むまい。そこそこ売れて、定着してから、その先のことは考えるさ。そこまでのレベルの雑誌になってくれるだけで、現状、とてもラッキーな新雑誌になるってこたあわかってるからな。

もっともそのためには、掲載される作品群のレベルを上げ、目の肥《こ》えたおとなな読者たちに積極的な評価をもらえるような、クオリティの高い漫画雑誌にしなくてはいけない。

というわけで、みんな、既存《きそん》の雑誌と単行本の編集作業と同時進行の仕事になるけれど、各自、素晴らしい原稿を手に入れられるように、頑張ってくれたまえ。ベテラン作家の原稿はもちろん、可能な限り新人作家の原稿を。この雑誌でしか読めない、この雑誌だから素晴らしい才能が発掘され、育てられるんだ、と、読者に愛着を持たれるような才能を、見いだして欲しいんだ。ある種、新人作家は、新雑誌の魂《たましい》、象徴のようなものになる。みんな、心して頑張ってくれ」

編集長の話を聞きながら、編集部の人々は、それぞれの席で、うなずき、物思いにふけり、何やらメモしたりしていた。

みんなはきっともう何回も聞いたことなんじゃないかな、と、美月は思った。編集長には同じことを何回も口にする癖がある。——でも、その熱意は聞いていて心地よいし、言葉のリズムがいいので、音楽を聴《き》くように何回聞いてもいいやなんて思ったりもするしで、みんな気にしないようにしているのだ。

手にしていた鉛筆の軸の針葉樹の香りを嗅《か》ぎながら、美月は思った。

(魔法なのかも知れないな)と。

自分の好きな作品を買い求め、支持していくことで、作品を応援することができる。

これは「魔法」なのかも知れない。

ささやかで、でもたしかに、自分の望む、良い方へと世界を変えてゆく魔法。ひとつひとつは小さな応援の声、励ましの言葉が、インターネットの力を借りて、世界に響くとき、集まって、大きな力を持つ、魔法になる。

集まった愛は、作品を作者を、出版社を、ひいてはこの業界を支える力になる。

ひとが生きるこの世界には、不幸なことがあまりにも多く、自らの無力さに絶望することも多い。

でも、しなやかな力は、見えなくとも、たしかに存在している。気がつけば、きっとそこにある。この世界に生きる誰の手にも、小さな力がある。昔はなかった、不思議な力。連帯と共感の力。それは祝福、ひとの使える魔法だと思ってもいいのではないだろうか。

人間はまだその魔法をうまく扱えず、たまに暴走させたりもする。不幸な事故が起きることもある。けれど美月は、いつか、この新しい力が、世界を幸福に、もっといい方に、変えていくような気がするのだ。

たとえば、そのことのひとつの象徴が、好きな作品を応援しようとする、愛読者たちのささやかな祈りのような気がしているわけで。

(ある意味、みんな魔法使いなんだよね)

それぞれの場所で、ひたむきに日々を生きる魔法使い。学校や会社に通い、子どもを育て、あるいは病床で休み、様々なことに心を動かしながら、繰り返す一日を過ごしている人々。自らの持つ、小さな魔法の力のことを知らず、意識せずに。

世界には魔法使いが満ちているのだ。


（須賀茜音《すがあかね》が、ちょうどいいと思うんだけどな……）

この春からずっと、彼女の絵や作品を見てきた。描きたいものの話を聞き、その上で、いくらかは為《ため》になりそうな話もした。

同じアパートに暮らしているということは、この上もなく便利で楽なことで、ダイニングや互いの部屋で語り合うこともできたし、ふとできた空《あ》き時間に、散歩に誘ったり、書店や画材の店に連れだって買い物に出かけるのも楽しい。

そして語り合う時間が長くなるほどに、美月は茜音という娘のことが好きになり、その才能に深く惚《ほ》れこんでいくのだった。

（蒸留水《じょうりゅうすい》というか、山の奥に流れる川の、清水みたいな性格だものなあ）

愛らしい見た目のままに、ふんわりと優しい。感受性が豊かで、表情がころころと変わる。涙もろく、すぐに笑い、同時に身の回りにいる人々の感情にもいささか過剰と思えるほどに敏感《びんかん》だ。勘《かん》が良く、賢く、その年齢以上の常識もある。

（あの子、漫画家にならなくても、どんな職業についても成功しそうなんだよな

あ）

欠点はあるといえばあった。茜音には、ひとを押しのけて前に出る強さがない。誰かを傷つけてでも、自分の望みを叶《かな》えようとすることはない。それくらいなら、自らうしろに下がるだろう。

自分の才能のすごさを知らず、自己評価が低すぎるせいでもあるのだけれど、

（何よりも、あの子は善人なんだよなあ）

誰に聞いても、須賀茜音は優しい子、いいひと、といわれるだろう。

その善意故《ゆえ》に、良い人々に好かれる、知らないうちに、バックアップされている、という、運に恵まれた半生を歩んではいるのだけれど。

「でもこれからは、もっと強くならないと」

ひとに譲《ゆず》っていたのでは、チャンスを逃すこともあるだろう。

「とりあえず、新雑誌でのデビューが目標だろうなあ」

雑誌のページ数には限りがある。その中にまだ実績のない茜音が食い込んでいくということは、他の漫画家たちや、漫画家の卵たちと競《きそ》い合い、ページを奪い合うということだ。

（戦い抜けるかな、あの子）

茜音は元々、強く漫画家を志望していたというわけではない。画家の父と小説家

の母の間に生まれ、恵まれた才能を持っていた彼女とたまたま出会った美月が、そういう未来を指し示し、それに運良く彼女が乗ってくれた、それだけのことでしかない。いわば、そういう欲を持たなかった彼女に、夢を見ることを促《うなが》し、そう生きるべきだと吹き込んだのだ。

「あの子に才能がある、ということに関しては、わたしには自信があるんだけれど……」

新人作家の才能を見抜き、育てること。それが美月の編集者としての才能だった。大学を卒業してすぐ、この世界に入ってからというもの、たくさんの才能を発掘し、見事に育ててきた。若くして、この業界では名伯楽《めいはくらく》、名編集者として有名な、そんな存在だ。

（だけど）

いくらか心が揺らぐときもある。須賀茜音は、漫画家になることで、ほんとうに幸せになるのだろうか。

たとえば、いまブックカフェで、美味《おい》しいお茶を淹《い》れ、お菓子を焼き、客たちのために本や絵本を選ぶ、そんな日々を楽しそうに送っている茜音を見ていると、そう思うのだ。

あのまま穏《おだ》やかに暮らさせてあげた方が、幸せな人生を送れるのじゃないかと。

（最近、須賀さん、ちょっとスランプ気味みたいだしなあ）

茜音には、折々《おりおり》にテーマを与え、それに沿ったネームを描かせるようにしている。それを読んで美月が指導する、その繰り返しをしているのだ。茜音は絵がうまく、構成力もあり、ストーリーを考える力もある、という優等生だ。器用で勘もいいので、どんなテーマを出しても、そつのないネームを切ってくる。

（長所の多い、褒《ほ》めるところの多いものを描いてくるんだけど……）

美月はたぶん贅沢《ぜいたく》なのだろう。整って欠点のないネームを読んでいるうちに、つまらなくなってきてしまう。この子はもっと良いものが描けるはずだ、あと一歩、いつもの通りを曲がったところに、知らない世界が開けるように、大きくレベルが上がったものが描ける瞬間が巡ってくるのじゃないか——そう思ってしまう。

笑顔を見せない美月の、その表情に、茜音はうろたえ怯《おび》え、沈み込むようだった。

どうすればよいのですか、どうすれば、気に入るようなものが描けるのでしょうか、おそるおそる問われても、茜音の描いたネームには実は欠点はない。直すべきところなどないので、美月は言葉を濁《にご》す。

そもそも美月にも、茜音の描くものの最終的な着地点がどこにあるのか、現時点で見えているわけではなく、また茜音の持つ才能は、担当編集者にその可能性の限界が見えるような、わかりやすいレベルのものでもないだろうと確信している。

茜音は、どこが出口なのかわからないような状態で、ぐるぐるその場で迷っているように、美月には見えた。

(苦しいよね。辛《つら》いだろうね)

美月には、何もできない。

ここを乗り越えないと、茜音を漫画家としてデビューさせるわけにはいかないだろうし、漫画家になれたとしても、同じような迷いはこの先もきっと、かたちを変えて何度も訪れるだろう。

正直、美月には、漫画家とはそんなに無理してまでなるべきものなのか、そして描き続けなくてはいけないほどの仕事なのか、わからなくなるときもあるのだ。

(もちろん、漫画は素晴らしいよ)

漫画というのは、とても素敵な芸術だ。紙の上で、絵が踊り、魂を吹き込まれ、美しい言葉が、テンポのよいギャグが、熱い台詞《せりふ》が飛び交う。それはほんとうは、ただ絵と文章が並んでいるだけ、複数のそれらの流れでしかないはずなのに、ページをめくるとそこには知らない世界と、知らない人々が現れ、笑い泣いて、人生を送る。国が生まれ、滅びる。銀河を旅する人々もいる。

一冊の漫画を手にするとき、読み手は、紙の中の彼らとともに人生を生き、恋をし、冒険をする。からだはそこに、現実世界にあるのに、心ははるかに遠く、知らない世界の空気を吸って、その地を歩くのだ。

漫画家もまた魔法使い。魂を削《けず》り、インクに乗せて、自らが生み出した、命ある物語を描く不思議な存在だ。

でも、その魔法を使うために、彼ら彼女らが、どれほど精神と肉体を酷使《こくし》しているか、美月は知っている。自らの魂を贄《にえ》とする描き手まで存在するということを。（すべてを犠牲にしても、良いものを描こうとする描き手は多い。業《ごう》のようなものだ）

才能は、ひとを幸せにするとは限らない。茜音が尊敬する紅林玲司《くればやしれいじ》がそうだったように、仕事に人生のすべてを捧《ささ》げ、早くに亡くなってしまう、そんなこともあり得るのだ。

美月は、ストローを噛《か》みしめる。

悲劇はもうたくさんだ。止めるならいまなのかも知れない。けれど、須賀茜音——あの子の絵を、あの子の言葉のセンスを世界に知らしめたい。自分の胸の中にある、その思いを殺してしまうことは、美月には難しかった。

いまは迷いの中にいるかも知れない須賀茜音、でもきっと彼女はここを抜けて、先に進む漫画家になる。美月はそう直感している。

（それに、わたしはもう、失敗しない）

自分がそばにいる限り、茜音が不幸にならないように、何とかして守ろうと心に決めている。無理をさせないように。命を守れるように。

（作家とは、命よりも作品を選ぶものだから）

たとえば、生きること健康であることを、描くことよりも上位に置く描き手など、第一線にはまず存在しないと、美月は知っている。

読者が投げかける、愛に満ちた、「からだを大事にしてください」の一言が、どれほど作家の心に届かないものなのか、それも知っている。作家というのは、描くために生きる人々なのだ。生きるために描いているのではない。優先順位が違うのだ。だから描き手は意外なほど、あっけなく死んでしまうのだ。

（でも、須賀茜音はわたしが守るから）

（きっと、守るから）

だから、諦《あきら》めてなんか欲しくない。

頑張って欲しい。

苦しくても。

辛くても。

出口が見えなくても。

（これは、編集者の業かもね）

須賀茜音、あの子の作品に対する、賞賛の声を聴きたい。街のありとあらゆる書店の店頭で平積みになり、書店員たちに絶賛され、何よりも読んでくれた読者たちに、愛され、読んで良かった、次が楽しみだと、そういわれる、その日に立ち会いたい。

美月は、手の中のジュースを無意識のうちに、ぎゅうっと握りしめていた。

「あ」

ほとんど飲み尽くした後だったことが幸いしたものの、人参ジュースのオレンジ色が、手の甲に流れた。ふと何の脈絡《みゃくらく》もなく、オレンジ色はハロウィンの色だな、と連想した。秋の色。紅葉と、沈みゆく太陽と夕暮れ時の空の、どこか懐《なつ》かしい色。

「あ、ここにいた」

友人の編集者、篠原琥子《しのはらここ》が、ミニ丈《たけ》のスーツ姿で、ひょこっと、会議室をのぞき込んだ。そのまま入り口近くの壁のスイッチへと腕を伸ばして、部屋の明かりをつける。

「何で暗いままにしてるのよ？」

背丈が低くて、声が高いので、まだ学生のように思える。肩の上で切りそろえたまっすぐな髪は黒々として、よく似合っているのだけれど、化粧っ気《け》のない色白の肌のせいもあって、それがまた学生っぽい。

「寝ててさ。そのまま考え事してたから。ていうか、琥子、久しぶりだね。元気だった？」

同じ会社の同じ編集者でも、琥子は担当が文芸なので、コミックとはフロアが違う。互いに忙しいので、同じ建物に毎日出社してきていても、なかなか出会うことがない。むしろ、いつでも会えると思うだけ、お互いに、あえて捜そうともしなくなっている。

最近で、一緒に食事に行ったのは何月だったっけ、と美月は振り返る。飲んでうたって楽しい時間の後、別れるときは、いつもまたすぐ会うような気がするのだけれど、気がつけば、あっという間に時間が経《た》ってしまう。みるみるうちに、季節が変わる。

「ここ、懐かしいねえ」

スーツの背中で腕を組んで、琥子は部屋の角にある大きな時計を見上げる。金色の針と振り子が、蛍光灯を映してきらめいている。

「この時計を見ると、最終面接のときのどきどきを思い出すよ」

「そうだねえ」

入社試験のとき、最終面接が行われたのがこの部屋だった。あの日と変わらずに、古く豪華な時計は時を刻んでいる。

琥子は同期の入社で、所属が分かれたが、親友だった。入社試験のとき、たまたま同じホテルに泊まっていて、それがきっかけで話してみると気があい、入社式で再会してから、自然と友人になっていた。所属は違っても、どこか戦友のような気持ちでいた。美月がこの会社を辞《や》めて仕事から逃げようとしたとき、それは駄目だと泣いて怒ったのは彼女だった。その頃住んでいた、都内のマンションの部屋に、真夜中に押しかけてきて叱《しか》ってくれた、あのときの表情は一生忘れられないだろうと思う。美月がここに戻ってきたときに、嬉《うれ》しいと子どものように泣いてくれた、あの笑顔と一緒に。

琥子がふと、廊下の方を振り返る。どこかを手招きするようにして、

「美月いたよ。ほら、入ってきなよ」

背の高いからだを屈《かが》めるようにして、細身の青年が、会議室に入ってきた。

「先輩、あのよかったら……」

遠慮がちに、ラップにくるんだ何かを美月に差し出した。良い香りがする。おしぼりのように軽く絞《しぼ》った、ハンドタオルだった。

「疲れてるみたいに見えたので、その……」

ほのかに温かい。

「用があって美月を捜してたら、この子もそうだっていうから、ふたりで一緒に捜索してたのよ。かわいそうに、あんたがこんな暗がりにいて、見つからないもんだから、せっかくのタオルが冷めちゃって」

「あ、いや、レンジを使《い》えばすぐなので」

疲れを癒やすことができるように、良い香りのアロマオイルを見繕《みつくろ》って、タオルを温めてくれたのだろう。美月はその辺に疎《うと》いので、オイルの名前は当てられない。たぶん柑橘系《かんきつけい》の何か、オレンジのような香りだと思った。

照れたように笑っているのは、後輩の編集者、高柳類《たかやなぎるい》だった。アロマテラピーに羊毛フェルトに菓子作りにと、女子力が高い趣味が得意で、コミック雑誌編集部の女子たちから仲間のように扱われている。本人もそれが嫌ではないようなのも道理、四人きょうだいの自分以外はみんな女の子で、小さい頃の遊び仲間も女の子。綺麗《きれい》なものやかわいいものを人一倍好む青年だった。

少女漫画が好きで、昭和の時代の、数ある名作にも詳しいけれど、いまの時代の、同人誌即売会にも足繁《あししげ》く通う。ネットの情報にもまめに気を配るので、このジャンルに関しては、編集部の誰よりも、彼が知っていることがあったりする。

ほっそりとした長身と柔らかい笑顔、整った目鼻立ちのせいで、黙って微笑《ほほえ》んでいると異世界のエルフ族の若者のような趣《おもむき》がある。そばにいても気疲れしないので、美月はこの後輩のことが、わりと気に入っていた。

「そういえばさ、類くん」

早速広げて、目と首元に当てたタオルの、そのお礼をいいながら、美月は訊《き》いていた。

「新雑誌のことだけど、うまくいくと思う？」

「うーん」

類は言葉を濁した。「正直いって、僕にはわからないです。でも、何もしないでいたら、単行本や電子書籍は生き延びても、紙の雑誌という文化は滅びてしまうかも知れないと思うので。それなら挑戦するのもいいと思ってます」

「そうだよねえ」

「僕、漫画に限らず、雑誌って好きなんですよね。一冊の中に、いろんな情報や物語、絵や写真やいろんな言葉が詰まってる。そこで出会うまで、もしかしたら読み手が興味を惹《ひ》かれなかったものや、存在すら知らなかったものがまとめられている。その出会いをきっかけに、目を落とし、面白いと思ったり、心が動いたり、このイベントに行ってみようと思ったり、曲を聴いてみようと思ったりするひともいるんじゃないかな、と」

その言葉の一つ一つを聞きながら、琥子が楽しそうにうんうんとうなずいていた。彼女はいま、テーブルに行儀《ぎょうぎ》悪く腰をかけている。

いまは単行本を作っているけれど、文芸誌の編集部にいたこともある彼女は、以前から、今度のコミックの新雑誌に興味を持っているようだった。

類は優しい声で、訥々《とつとつ》と話し続ける。

「……自分が好きなものを、たとえばコミックスの単行本だけを買うのって、そういう出会いがないと思うんです。もちろん、必要のない情報なんていらない、興味のない漫画が載っていても読まない、時間や紙の資源の無駄って考え方もあると思うんですけど、でも僕、それでいいのかなって思ってて。

僕、ぎりぎり紙の雑誌で、情報を手に入れることができた世代なんで。郷愁《きょうしゅう》みたいなものもあるのかも知れないですが。無駄って素敵だと思ってます。雑誌は素敵な無駄のかたまりなんです」

それはある意味、新聞もそうだよなあ、と、美月は思う。

ネットでニュースは読める。情報が反映される速度も速い。でもネットのニュースは、紙の新聞のように、目的以外の情報に触れて、はっとする機会は少ない。そういうのって、長い目で見れば、文化がやせ細っていくことにつながるのではないかと美月は思う。雑誌と新聞が勢いを失って行くにつれ、かつてのように、たくさんの話題をみんなで浅く広く共有する時代は終わり、各人が興味を持つ話題を、狭い範囲で共有する時代が始まっているのだ。もちろん、それにだって良いことはたくさんある。けれど――。

「そうだよね、類くん。無駄は素敵だ」

選択され深化してゆく情報だけでなしに、幅広く雑然とした、とりとめもない話題や情報だって、世界には必要なのだ。少なくとも、あった方が楽しいような気がする。

インターネットに奪われた読み手たちの眼差《まなざ》しを、インターネットの力を借りて、こちらへと再び向けて貰う。素敵な無駄の世界を思いだして貰う。それが成功したら、と想像するのは愉快《ゆかい》なことだった。

「新雑誌、新人賞を立ち上げようって話もあるじゃないですか？　わくわくしますよね」

類が満面の笑みを浮かべて、美月を見る。

「美月さんはやっぱり、例の須賀茜音が一押しなんでしょうね」

「うん。それはね」

新人賞には、一般公募の他に、各編集者がそれぞれの育てている漫画家の卵たちに作品を描かせ、チャレンジさせる。冠《かんむり》を与えて、新雑誌の柱に育てていこうということだ。

「噂《うわさ》の須賀さんに、僕も一度会ってみたいです」

「そうだね。そのうち連れてこようと思ってる。編集部の様子とか、どんな風に漫画雑誌が作られているのかとか、見せておくと勉強になると思うし」

「あ、その前に」琥子が割り込んだ。

「茜音ちゃん、わたしに紹介してよ。一度、美月に絵を見せて貰ったけど、すごいうまいじゃん。イラストレーターとしてなら、もう現時点でデビューできると思うし、絵本だって描けそう。どう？　わたしに預けない？」

目がきらりと輝く。「天才作家須賀ましろの娘として、見事に売り出しちゃうから」

「だーめ」美月は首を横に振った。

「あんたが興味あるのは、あの子のお母さんの方でしょう？　そっちをあたりなさいよ」

「だって、須賀先生、いまどこにいるのかわかんないんだもん」

琥子は唇《くちびる》を尖《とが》らせた。彼女は美月から茜音一家の物語を聞いて以来、以前にもまして須賀ましろへの愛と興味がつのったようだった。

「わたしはね、須賀茜音、本人の才能を買ってるし、それをまっすぐに育てたいの。あの子の両親の名前で売り出すのじゃなく、何もない真っ白なところから、世界中のひとに、あの子の描くものを読んでみて欲しいの。余計な知識のないところで、あの子の漫画を手にとって欲しいのよ」

類がため息をついた。

「すごく惚れ込んでるんですね、その子に。ちょっと妬《や》けちゃうなあ」軽く笑って、そして、どこか不敵な眼差しで、彼はいった。

「仮称『グラン・エール』の新人賞では、じゃあ、美月さんの須賀さんと僕の育てている子との戦い——一騎打ちになるかも知れないですね」

「一騎打ち？」

「小枝琴《さえぐさこと》。須賀さんとたぶん同じ年くらいの女の子です。長崎《ながさき》に住んでます。漫画家の兄のアシスタントとして絵を描いてきたそうなんですが、背景とモブのキャラクターがずいぶんうまいので、僕、目をつけまして。声をかけて、それ以来育ててます。もう一年くらいやりとりをしてますが、そろそろ時期かな、と思って。チャレンジさせてみる予定です」

類は茜音の絵を知っているはずだった。美月が何度も、彼女の絵を編集部に持ち込んで、回覧したからだ。手にする誰もが、彼女の描いたものに見とれ、ため息をついた。

紙の上で、呼吸をしているかのように軽やかに動く姿。表情の一つ一つに目を奪われる、魅力的なキャラクターたち。美しくかつ素早く描くことのできる、伸びやかな描線《びょうせん》。派手さはないけれど、しみじみとした叙情《じょじょう》がある物語。深みのある、知的な台詞。物語を引き立てる、見事なコマわりと構成、そして演出。

小枝琴という少女は、類が、茜音の描くものの完璧《かんぺき》さを知っていてなお、「一騎打ち」できるといいきれるほどに漫画の才能があるのだろうか。

そう思ったのが視線に表れたのか、類ははは、と笑い、頭をかいた。

「いやその、美月さんの秘蔵《ひぞ》っ子《こ》みたいな、天才タイプじゃあないんですよ。絵柄だって、どっちかというと泥臭《どろくさ》い、昔の少年漫画みたいな絵ですから。実際、田舎《いなか》の家の蔵《くら》に山ほどあった、古い漫画雑誌を読んで育ったっていってましたから。背景はうまいし、パースはきちんととれますが、線は乱暴だし、けっして綺麗なものではない。お洒落《しゃれ》な要素も、センスの良さも、かわいらしさも皆無《かいむ》です。描く物語も、友情努力勝利、って感じです。良くも悪くもシンプルで、正直、僕自身の好みとは少し外れてます。

でもね」類はにっこりと微笑む。

「漫画が大好きだって思いが溢《あふ》れた作品を描くんです、彼女。魂をぶつけるみたいな。そして努力家で、絵を描くごとにうまくなっていくんです。あと、心根がまっすぐなところもすごく良くて。素直でのびのびと育ってゆくんです。なんとか力になってあげたいと思ってました。で、ここはひとつ、新雑誌の新人賞で、大賞を受賞させて、華々しくデビューさせてあげたいなって思いまして」

「そっか」美月は笑い、立ち上がると、類の両手を摑《つか》んだ。

「ともに頑張ろう。熱い話、わたし大好き」

努力家で熱血なキャラクターだという小枝琴と、天才肌で繊細で、ひとのうしろに下がってしまう須賀茜音。もし、総合的な実力が拮抗《きっこう》しているのなら、面白いライバル同士になれるかも知れない。この先、デビューを目指す道も、うまくいけば日々も、デビュー後の、そこから始まるプロの漫画家としての、長く険《けわ》しい道のりとなる日々も、ふたりで競い合いながら進んでいってくれるかも知れない。

美月は不敵な視線で、類の目を見た。

「でも負けないからね?」

「ええ、僕も負けません。僕はきっと、小枝琴を、新雑誌を代表する、売れっ子の漫画家に育て上げて見せます」

「それはわたしの台詞よ。容赦《ようしゃ》しないからね?」

ふたりはがしっと手を握り合った。

わあ、と、琥子が楽しげに拍手した。

「いいなあ、楽しそう。燃える展開だねえ」

そういえば、と美月は思った。

「須賀さんにライバルって、あの子、そういうの初めてなんじゃないかな。漫画は隠れて描いていたみたいだし」

へえ、と類が声を上げる。

「小枝さんも、そんな感じかも知れないですね。お兄ちゃんと仲良しで、漫画を手伝うのは家の中でだけ、漫画はあくまでも自分だけの楽しみで、地元で就職を考えていたみたいなので。熱血な性格のわりに、おっとりとしたところもある優しい子だから、もしかしたら、須賀さんとは、ライバルである前に、いい友達になれるかも知れませんね」

美月は、ぽんと手を叩《たた》いた。

「いいねえ、それ。友達でライバル」

どんな職種でも、そういう存在がいるに越したことはない、と美月は思っている。

ひとりきり荒野を旅するように、孤独にこつこつと描き続けているよりも、ともに励まし合い、笑い合う仲間がいた方が、道の長さに辛さを感じないものなのだ。同じ道を進むライバルならば、競い合わなければいけない場面が何度もあるだろう。仲が良いからこそ、負けて悔《くや》しいことも。でもきっと、夢を実現させるための長い旅は、ひとりよりもふたり、同じ道を行く友人と一緒の方が、楽しく、素敵なものなのだ。

美月は微笑んで、うなずく。

美月自身にも、かつてそんな存在がいたから。あの友は——好敵手は元気だろうか？

かつて同じ編集部でともに働きながら、しのぎを削った友。彼女はフリーの編集者で、美月は正社員という違いはあったけれど、実力と熱意に違いなんかなかった。

彼女の実力を評価しながら、いや評価するからこそ、負けられないといつも思っていた。実はふたりには、学生時代からのとある因縁《いんねん》がある。もう忘れたと何度も口にし、笑い飛ばすことのできるような古い因縁だけれど、それが心の奥でいまだ小さくすぶっているのも、ほんとうのことだと自分にはわかっている。消えつつあるような、そんな記憶でも。

美月には、まだ若いのに、編集者として誇ることができる実績がいくつかあるけれど、その陰《かげ》には、好敵手である彼女へのライバル意識があった。それが密《ひそ》かな燃料になっていた。

彼女の担当し、編集する漫画よりも、より優れた漫画を漫画家に描いて貰う。より売れる漫画を、評価される漫画を、仕上げてゆく。

それはその友人の方でもそうで、だからこそ、美月が編集部を去ったとき、彼女もまた、違う出版社に移っていったのだ。

もう漫画はいい、つまらなくなったから、違う本を作る、といい捨てて、彼女のもう一つの得意分野だった、女性誌の世界に行ったと聞いている。仕事を捨てた美月に幻滅《げんめつ》したのか、美月には特に連絡もなかった。

ただ正社員として乞《こ》われ、採用されたその出版社で、彼女は、古い女性誌を支え、リニューアルさせてその売り上げを劇的にアップさせたと、そんな噂は人づてに聞いていた。

彼女ならそれくらいできるだろうと、どこか嬉しく、どこかほろ苦く、美月は思っていたのだった。

「あー、それそれ、ライバル。その話をしようと思って、美月を捜してたのよ」

琥子がテーブルの上から飛び降りた。

床で数歩蹈鞴《たたら》を踏んでから、美月を見上げる。

「一条《いちじょう》絵馬《えま》が、創瑛社に戻ってくるんだって」

「絵馬が？」

美月の好敵手。彼女が？

この出版社に。あの頃と同じように？

「そう。月刊の青年漫画誌の編集部に。つまり美月、あなたがいるところにね。元通りに、あの頃と同じ、フリーの編集者としてね」

「ええと、あの、だけど、聞いてないよ？」

美月は混乱した。いやそもそも、絵馬とはあれ以来、連絡を取らなくなっていたので、知らなくても当たり前なのかも知れない、と、心の中では、冷静に理解できていたのだけれど。でもどうして帰ってくるのだろう？

とても環境のいい職場に移ったはずなのに。わけがわからなくて、頭を抱《かか》えた。

なだめるように、琥子は、ゆっくりした口調で、

「美月、ここのところ、出張が続いて会社にいなかったりしたでしょう？　この数日の間に、事態は変わったっていうか、一条さんの側で、前の会社の編集部を抜ける手続きが整って、異動してくることになったみたいよ。

彼女、向こうじゃ正社員だったし、あれだけの名編集者だもの。はいさようなら、じゃ、そこから動いてこられないのね。仕事の引き継ぎがやっとこさ何とかなったって話。ワーカホリックだから、たくさん仕事を抱えてた上に、ほら彼女、人間関係作るのうまいから、彼女の取材じゃないと受けないデザイナーとか、話そう

としない一流のサロンやショップのひととか、タレントさんとかね、その辺の引き継ぎが大変だったみたいよ。短期間に、すごい人脈を作ってたみたい。引き継ぎも仕事も、正確にいうと、まだ完全には終わってなくて、彼女じゃないとできないことも多いから、一条さん、しばらくはあちらの仕事も手伝う感じになるみたいよ」

「マジで？」

こちらの月刊雑誌の仕事だけでも、けっこうな激務なのだけれど。

「マジで。前の会社の女性誌も手伝いつつ、うちの会社の月刊誌も編集するんだってさ」

「うひゃあ」

美月は苦笑して、椅子に寄りかかり、両手で額《ひたい》を覆《おお》った。

「まあ、絵馬ならそうなるよねえ」

そしてきっと、絵馬ならすべてを完璧にこなすのだ。

美月はそれを知っている。

そのとき柱時計が、九時を告げた。

「あ、ごめん。わたしそろそろ行かなきゃ」

柱時計の文字盤を見て、琥子が慌《あわ》てた。

「外で大家《たいか》の先生と打ち合わせがあるの」

料亭でお食事しながらだから、ちょっとラッキーなんだけどね、とぺろっと舌を出す。

「あ、僕も行かなきゃ」

類が言葉を続けた。「ラフが送られてくることになってるんです。編集部に戻らないと」

じゃあまた、と互いに手を振り合った。

美月はひとり、会議室に残って、時計が時を刻む音を聞いていた。

「そっか、絵馬が戻ってくるのか」

心の内に、懐かしさと愉快な気持ちと、そして、闘争心が湧《わ》いてきて、すうっと背筋に寒気が走った。怖いほど、わくわくする思い。

長く物思いにふけっていたのと、それとやはりここ数日の疲れがたまっていたのだろう。部屋の中に足早に踏み込んできた誰かがいることに、気づくのが遅れた。

ひやりとした夜の冷気が背中の方から流れてきて、そして振り返ったのだ。

ロールカーテンを上に上げて、誰かがそこに立っている。夜景を見下ろしている。

スエードのコートを着た、ほっそりとした姿。茶色に染めた長い巻き髪。あれで歩けるのかと不思議になる、高いピンヒール。足下《あしもと》に置いた、お気に入りの舶来《はくらい》もののバッグ。かなり昔の、もう作られていないデザインのものを、海外のネットオークションで見つけて競《せ》り落としたと聞いた。彼女も自分もいまよりずっと若かった頃の話だ。その年の夏のボーナスは一瞬で消えたと、絵馬は楽しそうに笑っていた。お気に入りのそのバッグは、よく手入れされているのか、記憶にあるままのかたちで美しかった。

久しぶりに見る、懐かしい後ろ姿だった。

美月の視線に気づいたように、絵馬が振り返る。つややかな赤い唇が、お久しぶり、と動いて、完璧なかたちに笑みを作る。作り物めいて美しい顔立ちと、すらりとした姿は、一児の母とは思えない。

「編集部ものぞいてきたんだけど、美月がいなかったから、もしかして、と思って来てみたの。あんた、この会議室好きだったものねえ」

「まあね」

美月は軽くテーブルを叩くようにして、弾《はず》みをつけて立ち上がった。

「わたし、今日の仕事はもう終わったから、帰ってもいいんだけど、絵馬はどうなの？」

「わたしももう帰る。近くを通ったついでに、懐かしくなってのぞいただけだから」

編集部に、近所のせんべい屋のせんべいを差し入れて、歓迎されてきたという。雑誌の校了前なので、深夜も明け方も編集部にはひとがいるのだ。美月は仕事が速い上に、いまは手元に仕事がそう多くないので、もう手が空《あ》いてしまっていた。

「少しだけ、飲もうか？　絵馬のうちの近くでいいからさ」

なるべく早く家に帰してあげたかった。

子どもが家で待っているだろう。それに。

「絵馬」

美月は、先に歩き出した彼女の背中に声をかけた。「最近、その、元気なの？」

美しい後ろ姿は、記憶の中のそれよりも、ずいぶん華奢《きゃしゃ》に、細くなったように見えた。

コートの背中が立ち止まる。首をかしげるようにして、綺麗な顔が振り返った。

「元気よ」

4

星空を行く翼

夜遅く、近所のコンビニに買い物に行っていた茜音《あかね》は、ダイニングにかなりや荘の住人たちが集まっているのに気づいた。新聞や雑誌が置いてある辺りで、立ち話している。

美容部員の虹子《にじこ》を中心に、どちらかというとおしゃべりでにぎやかな女性たちが集まっている感じだ。

何もなければ会釈《えしゃく》だけして通り過ぎるところだけれど、カーレンもその場にいたのと、雰囲気《ふんいき》が深刻そうなので、気になった。

「——何かあったんですか？」

「近所に痴漢《ちかん》が出たらしいのよ」

部屋着を着て、化粧を落とした虹子が、心配そうにいう。たっぷりとしたカーディガンを羽織《はお》った姿は、フルメイクをしているときよりも、幼く見えた。

「えっ、痴漢ですか？」

「いま、町内会のひとが、回覧板を回すついでに、注意を呼びかけていったのよ。たまたま、わたしが回覧板を受け取ったんだけど」

声を潜《ひそ》める。「からだが大きいわりに身軽な痴漢が、高層階の窓でもやって来るんですって。それがもう十階だてでも二十階だてでも気がつくとベランダにいたりするそうなの。で、中をのぞいたり、下着を盗んでいくらしいの。目が合うとにたーっと笑って、驚いている間にその場からひらりと、どこへともなく消えていくんですって。

かなりや荘は、庭が広くて塀《へい》があるでしょう？　建物を囲うように緑が茂っていて、痴漢が隠れてもわからないから、みなさん気をつけてくださいね、っていわれちゃって」

ここけっこう、女性の住人が多いもんね、と、虹子は周囲を見回し、女性たちは、うんうん、と怖そうにうなずいた。

茜音はコンビニのビニール袋を抱いた。中に入っている、牛乳瓶《びん》とヨーグルトのよく冷えた瓶が、ぶつかって小さな音を立てる。

耳元でふわりと、お香《こう》の香りがした。

ハスキーな声がささやく。

「……今夜辺りね、気をつけた方がいいと思うんですよ。何やら不穏なものが、この辺りをうろついているような気配が、します……」

占い師の聖名子《せなこ》だ。たっぷりしたからだと、身にまとった占い師らしい長い衣装、頭にかけた薄布を揺らして、そういった。

風早《かざはや》駅前の路地に、四角い明かりを灯《とも》した店をたまに出している年齢不詳の女性だ。ラメが入った、緑色のアイシャドーが妖《あや》しくも美しい。何でも当てるというので、「風早の母」などと呼ばれているらしい。

聖名子の言葉に、女性たちはざわめいた。

虹子が、神妙な表情でうなずいた。

「たしかにわたしも悪い予感がするわ」

ふと、誰かの視線を感じたような気がして、茜音は振り返る。

ダイニングのはし、玄関の辺りに、あの謎の大男、ジャガーがいる。いつのまにか、いた。そこにいると、巨大なくまがどっしりと立っているようだった。

こちらの話を聞いていたのかな、と、不意に茜音は直感した。例の派手なとさかのような髪に、今日も黒い服を着て、のっそりとそこに佇《たたず》んでいた。夜なのに、やはり黒いサングラスをかけている。

(サングラス、似合わないわけじゃないんだけど、いっつもかけているのは、目に悪いと思うんだけどなあ)

茜音は思った。それと首輪と両腕のブレスレットのとげとげは、やっぱり痛そうに見える。

サングラスの中の目と目が合った、と思った。何を思うのか、ジャガーはこちらに背を向け、また外へと出て行った。背中を丸めた、逃げるような急ぎ足だった。

「――わたし思うんだけど、あの新入りが怪《あや》しかったりして」

虹子が鼻に皺《しわ》を寄せる。「ねえ、誰かあいつと話したことあるひといます？　何か、あの男いつも、みんなの視線を避けて、すうっといなくなりません？　それにほら、いつもいかにも怪しい感じで近所をうろついてるじゃないですか？」

そういえば、と、書店員の笹野《ささの》ほのかが、長い三つ編みを揺らして小さな声で呟《つぶや》く。

「……あのひと、ふと気がつくと、かなりや荘の庭や、近所を歩いてますよね。それも夕方や夜の薄暗い、ひとけのない時間に。人目を避けるようにして、暗い表情で、ひとりで何か考えてるような感じで歩いてるような」

「きっと下見してるのよ。下着泥棒とかのぞきに行くための」

虹子は腕組みをして、自分の言葉にうなずく。

「どうも痴漢の被害が出だした時期と、あの新人がここに住むようになった時期が重なるみたいなのよね。わたし、ミステリ読むのが趣味なんだけど、この推理は大当たりだと思うわ」

「そ、そうでしょうか？」

茜音はつい言葉にしてしまう。

虹子が、ゆっくりと首を横に振った。

「茜音ちゃんは、特にあいつには注意した方がいいと思うの。だって、さっきわたし、あの謎の新人が、四号室の前に立ってるところを目撃しちゃったんだもん」

「わたしの部屋の前にですか？」

「サングラスのせいで、表情はよくわからなかったけど、ドアの前に立ってたの。部屋の中の様子をうかがうような感じで。じいっとドアを見つめてた」

暗い、怪しい雰囲気だったわよ、と、虹子は声を潜めて、言葉を続けた。

そういえば、と、そのときはっとしたのは、さっきコンビニに買い物に出かける前、廊下《ろうか》でジャガーとすれ違ったことを思い出したからだった。鼻歌をうたいながら部屋の扉を開けた茜音の、その目の前に、ふうっと通り過ぎる、大きな黒い影があって、一瞬驚いたのだけれど、それはジャガーだったのだ。

ジャガーは茜音の方を振り返ることもなく、階段を下りて姿を消していった。

そのときは、ジャガーさん近くの部屋だったっけ、どこかに買い物に行くのかな、と、思ったくらいで、すぐに忘れてしまった。

(もしかして、あのときも四号室の前にいたのかな)

もしかして、部屋の扉の前にいて、茜音が開けたから、何もなかったような振りをして、通り過ぎたのだろうか。

そう考えるとさすがにぞっとして、牛乳瓶が入ったコンビニの袋を、無意識のうちに強く抱きしめた。冷たさが腕に沁《し》みた。

占い師の聖名子が、静かにいった。

「……あの黒衣の若者の心には哀《かな》しみの水がしたたっています。救われるといいんですが」

「そういえば」とほのかがうなずく。

「あの新入りさんいつもうつむいて、暗い感じですよね。笑顔を見たことありません」

虹子が深くうなずく。

「それは悪いことしてうしろめたいからよ。良心がうずくとかじゃない？」

その場にいた多くがなるほどという表情になった。

「あのね」と、カーレンが茜音のカーディガンの袖《そで》を引くようにした。

「わたし、とげとげのお兄さん、悪いひとじゃないと思うよ。だって、魔族の王子様なのに、サングラスの中の目が綺麗《きれい》だったもん」

でも怪しいわよね、と、みんなが目配せをして、うなずき合う。カーレンが頰《ほお》を膨《ふく》らませ、目に少しだけ涙を浮かべたとき、彼女の保護者である楡崎《にれざき》さんが、姿を見せ、杖《つえ》を突きながらダイニングへとやってきた。

笑顔で、誰にいうともなく、

「あんまりひとを怪しいなんていうもんじゃないですよ」

名誉毀損《めいよきそん》になっちゃいますよ、と笑う。

そして身を屈《かが》め、カーレンの背中を叩《たた》いた。

「大丈夫だよ。ジャガーさんは悪いひとじゃないって、わたしはわかってるから。ああそれとね。痴漢とか下着泥棒とか、そういう悪い奴《やつ》にはね、きっと罰《ばち》があたるから」

「罰？」

「悪い奴には天誅《てんちゅう》が下るようになってるんだよ。特にこの街ではね。神様が見ているから。だから、怖くない」

カーレンはにっこりと笑う。

「うん。わかってる。それにわたしは、楡崎さんがいるから、全然怖くないよ」

カーレンは、笑顔で茜音にいった。

「楡崎さんね、すごいんだよ。この杖、隠されているボタンを押したら、さやがはずれて、ぴかぴかの日本刀が出てくるんだって。それで、楡崎さんは昔のケンゴウの、宮本武蔵《みやもとむさし》の子孫だから、すっごく強いんだって。だから、どんな悪い奴が来ても、きっと大丈夫だよ」

茜音は楡崎さんの目を見つめた。そのひとの目は、いたずらっぽく笑みを含んでいた。

カーレンは言葉を続ける。

「それに、ジャガーさんもきっと、みんなのために戦ってくれるよ。魔族の王子様なんだもの。あのね。あのひとは魔族だけど、きっと正義の味方なんだとわたし、思うんだ」

それにしても、とほのかがひとりごとのように呟いた。

「わたしあのひとどこかで見たことがあるような気がするんですよね。……どこかでっていうより、何かでって感じかなあ。すごく知ってる気が。あの感じで、あの名前――」

あと少しで思いだせそうなんですけど、と眉間《みけん》に皺をよせた。

部屋に帰って、小さな冷蔵庫に牛乳とヨーグルトを入れていると、部屋の窓の辺りに、ふっと紅林玲司《くればやしれいじ》の気配が降ってきた。

星の模様のカーテンの前に、半分透《す》けるように佇んで、よう、といつものように手を上げて笑う。楽しそうだった。そういえば、玲司は、いつも茜音の前に現れるときは、上機嫌《じょうきげん》な気がする。小学生の男の子のように、楽しげに見える。

（もう、ひとの気も知らないで）

さっきの階下でのことを知るわけもなさそうだけど、つい思ってしまう。

話すともなく、いま聞いた噂話《うわさばなし》を断片的に話していると、玲司が訊《き》いた。

『で、おまえもあのとげ男が怪しいと思ってるの？』

「わたしは……」

茜音は口ごもる。自分も窓辺《まどべ》に行って、中庭を見た。草木や花々が枝葉を伸ばし咲き誇る、美しい中庭も、今夜の話を聞いた後では、闇《やみ》がわだかまる無法地帯に見える。

「ジャガーさんと、一度お話ししてみたいな、と思います」

あの新しい住人が、怪しい人間なのかそうでないのか、茜音にはまだわからない。ただいえるのは、もし彼の見た目や行動が怪しく見えるとしても、それだけで後ろ指をさしたり、悪く思うのは嫌だということだった。

たぶんそれは、自分が作家の母ひとりの手で育てられた、それも裕福でない、一風変わった家の子で、母のことも自分のことも、知らない誰かにいいたいようにいわれてきた、そんな子ども時代を送ってきたからだろうと思う。

「自分の目と耳で、判断したいなって」

そう呟くと、玲司が明るい声でいった。

『もし、あのとげ男が悪い奴だったとしても、そうでないとしても、俺が守ってやるよ』

さりげない一言だったのに、なぜかどきんとした。

茜音はつい、訊《たず》ねていた。他意はなく。まったくの好奇心で。ただ知りたくて。

「どうやってですか？」

ものにさわれない、魂《たましい》だけの存在の玲司が、どんな風に茜音を守ってくれるのだろう？

『ええと、どうにかして』

「どうにかといいますと……？」

『あのなあ。おまえ、そういう質問、美しくないと思わないか？』

呆《あき》れたように玲司が訊き返してきた。

『こういうとき、ヒロインは、頰を染めてお礼をいって、で、その場面は終わって、次のエピソードに移るんだよ』

「えっとそのだって、紅林先生はお化《ば》けで、できることがあんまりないのに、って思って……」

あ、わかった、と、茜音は目を輝かせた。

「前に、手も触れないのに、スケッチブックをぱらぱらってめくってみせてくださったことがありましたよね？　あの力がいつのまにか、パワーアップしてたとか。ホラー映画みたいに、ポルターガイスト現象とか起こすんでしょうか？　お皿や椅子《いす》を飛ばしたり、テーブルをばーんとひっくり返したり」

『ひとを悪霊か、星一徹《ほしいってつ》みたいにいうなよ』

玲司は口を尖《とが》らせた。

『ていうかさ、まあ、ぶっちゃけ、ちょっとのぞかれるくらいいいんじゃないか。別に見られて減るもんじゃなし。いっちゃなんだが、そう意識するほどのスタイルでも……』

玲司は冗談めかしていいかけて、うわっと声を上げてその場を離れた。

茜音がスケッチブックを手に、鬼の形相《ぎょうそう》で、殴《なぐ》りかかろうとしていたのだ。

「だから紅林先生、そういうデリカシーのない発言はやめて欲しいっていったでしょ？」

『やめろ。やめてくれ。殴るにしろぶつけるにしろ、こっちはちっとも痛くないんだけど、気持ち的に痛いし怖いから』

「人間いっていいことと悪いことが……違う、お化けにもいっていいことといけないことがあるんです。わたしのからだのこともですが、『見られて減るもんじゃなし』なんて、こういう場面じゃあ、絶対に絶対に、女の子にいっちゃだめなんですよ」

茜音は仁王立《におうだ》ちして、玲司を睨《にら》みつけた。

人差し指で、ばしっと指さす。

「先生は、漫画家にしては他者の感情に対して、想像力がなさすぎると思います」

『わかった、わかったよ。もう二度といわない。誓うから』

玲司はぶんぶんと首を縦《たて》に振った。

『まあとにかく、幽霊なりに何とか努力するからさ。ふわふわしてるし、透けるし、無力だけども、何かできることがあるだろう』

「どんな風に？」

『ええと……痴漢の枕元《まくらもと》に化けて出るとか？』

「いまいち」

『おまえなあ』

茜音の声が響いたのか、隣の部屋から、控《ひか》えめに、どん、と、壁を突く音がした。

もう夜遅い時間なのだ。

「あ、ごめんなさい」

茜音は壁の向こうに声をかけ、そしてふたりはばつが悪い思いで黙り込んだ。

開けたままにしていたカーテンを閉めようとして、茜音は何気なく外を見た。

小高い丘の上に立っているこの洋館からは、街の夜景が綺麗に見える。それは美しい情景だけれど、日々見つめるうちに、いつか物珍しさも薄れ、最近は見とれることも少なくなっていた。

楽しい職場であるとはいえ、働きながら漫画の勉強もするという日々は、それなりに忙しく、毎日気がつくと時間が砂時計の砂のようにさらさらと流れ落ちていくような、その繰り返しだから、ということでもあった。

『えっとな』

玲司がどこか恥ずかしそうな声でいった。

『実は、最近こういうこともできるようになったんだよな』

窓辺に置いた古いラジオが、玲司の視線につられて、点灯した。低い音量で、スピーカーから深夜のラジオ番組が流れ始めた。

「わあ、すごい」

年長者向けの、穏《おだ》やかな語りの深夜番組だった。眠れないときに、茜音はこの番組を遅くまで聴《き》いていたりする。

『ひとりでいるとひとの声や音楽が聴きたくなるときがあってさ。ラジオくらい聴ければいいのにな、と思ってたら、こないだから、電源が入れられるようになった。

ボリュームも多少はいじれる。イコライザーも。選局はまだちょっと難しいな』

ＡＭとＦＭを切り替えるのも、なかなかうまくいかないんだ、といいながら、幽霊は得意げに胸を張る。

『だからその、いまに痴漢くらい何とかしてやれるようになるよ』

得意げで無邪気《むじゃき》で、明るい声だった。

それでいて優しい、静かな声だった。

『何しろおまえは、俺の、世界でたったひとりの、友達で弟子なんだからさ。少しは力になれることがあるのなら、お化けなりに努力してみるさ』

朗《ほが》らかな声に、茜音はありがとうございます、と、小さく答えた。ラジオの音声に紛れてしまいそうな、そんな声になった。

玲司は自分の言葉にうなずくように、

『俺、もともと性格が前向きだったんだけどさ、いまちょっと、さらにテンション上がったぞ。このふわふわした無力なお化けのからだで、どこまでいろんなことができるようになるか、挑戦してみる気になった。新しい生き甲斐《がい》を発見した気分だな。死んでるけど』

楽しげに、玲司は笑う。

ふと、ラジオを振り返るような目をした。

『お、「スターダスト」だ』

ジャズのピアノ曲が、こぼれだすような美しい音で、スピーカーからあふれ出る。

星の煌《きら》めきのような音だと茜音は思った。

『歌詞が好きなんだよね。若い頃《ころ》の恋人のことを思う。いまはもうかたわらにそのひとはいない。でも思い出は歌になって残る。くり返し心の中に聞こえる……』

そんな感じかな、と玲司は呟く。

そのとき、目のはしに光が映った。

「あ、飛行機」

街の夜景の上を、光が点滅しながら流れてゆく。翼に灯された光だと思った。

「綺麗」

茜音は、窓をそっと開けた。

星の描かれたカーテンと、レースのカーテンが、夜風を孕《はら》んで、ふわりと広がる。

十月の夜風は近づく冬の気配を孕んで、ひんやりと冷たい。庭の紅葉した木々の葉が風に揺れる音がする。

茜音は風の寒さに身を縮めながら、遠ざかる飛行機の光を見上げていた。

あの飛行機はどこへ行くのだろう？

『飛行機好きなの？』

　そう訊ねる玲司の声が、嬉《うれ》しげだった。

「ええ。そのう、飛行機代高いから乗ったことがないですけど。高校の修学旅行が長崎で、飛行機に乗れるはずだったんですけど、そのときうっかり風邪《かぜ》引いちゃって、行けなくて。いま振り返ると、それが唯一《ゆいいつ》の、空の旅をできそうなチャンスだったみたいです。

　空を飛ぶってどんな感じなんだろうって、小さい頃から何度も何度も想像してます。きっと素敵なんでしょうね。高い空を大きな翼ではばたく、鳥みたいな気持ちになれるんでしょうね」

　うっとりと語ると、胸の中に、冷たく澄んだ空気が入ってきた。

『うーん。そうたいしたものじゃなかったぞ』

　素《そ》っ気《け》なく、玲司は答える。『地方でサイン会があるときとか、何回か乗ったことあるけど、離陸のときの感動とか、窓の外の景色なんか数回で飽《あ》きた。大概《たいがい》眠いから、寝てるうちについてたし。そもそも、落ちたらどうするんだ。乗らなくていいよ、あんなもの』

　茜音は笑った。玲司の不器用な思いやりが嬉しくて。

「でもいつか乗ってみたいです。旅行もしてみたいし――それに、父に会ってみたくてい」

『前に聞いたな。画家なんだよな。フランスのプロヴァンス辺りに住んでるっていう』

名前は覚えてなかったけど、絵は知ってたよ、と、玲司はいう。うまいひとだよな、と。

玲司はあまりひとの絵を褒《ほ》めない。だからほんとうに父の絵がうまいと思ったんだろうな、と茜音は思い、嬉しくなった。

「そうです。会ってどうするって訳じゃないんですけどね。ただ、一度だけ、父の視界に入ってみたくて。父がわたしのこと、どんな風に見つめてくれるのか、見てみたくって。

わたし、生まれてから一度も、父に会ったことがないんですもの。

でも、わたし、地理がよくわからなくて。フランスのプロヴァンス、って、わたしがいきなり旅していっても、ひとりで父が捜せるものなのかどうかとか。海外どころか、国内旅行すらひとりでしたことないんです、わたし。物心ついてから、気がつくとずっと、母とこの街にいましたから」

茜音は街明かりの上の夜空を見上げる。飛行機の姿はもう、夜空に溶け込んで、どこにいるのかもわからない。

「いつも夢見てました。この空を越えて、そのひとに会いに行く日を」

呟くように、付け加えた。

「会ってくれるかどうかも、わからないんですけどね」

遠いところで暮らすそのひとは、おそらくは茜音の存在すら知らないのだから。

（でも——）

もし、素性《すじょう》を名乗れば嫌われて、遠ざけられてしまうとしても、そのひとに会ってみたかった。自分という人間がこの世界に存在していること、そのひとに会いたいと思っていたということを、告げてみたかった。

この遠い空を越えて。

街の明かりも、その上の空も美しかった。茜音と玲司は、何も語らずにそれを見つめ、ラジオから低く流れる音楽とアナウンサーたちの言葉の響きに耳を傾けていた。

（人間はみんなこんな風に、空や星を見上げ続けてきたのかな）

茜音は思った。

地上をゆくのではたどりつけない遠い地へ旅することを憧《あこが》れたのかな。

（空を行く鳥を見上げて、翼を持つってどんな気分なのかなって想像して。

長い年月憧れて憧れて、そしていつか、科学の力で、空を飛べるようになったの

かな)

ふいに、玲司が空を指さした。

『見ろよ、珍しいものが飛んでるぞ』

星空を切り取るように、大きな影が音もなく空を進んでいっていた。鯨《くじら》のような影。

「飛行船？」

物語の本で、読んだことがあった。

静かに空を横切ってゆく影は、現実の姿というよりも、どこか空想の世界の存在のようだった。ドラゴンに近いような。

「どこから来て、どこに行くのかしら？」

『日本にはたしか、あのサイズの大きな飛行船はもう飛んでいなかったと思うから、あれは外国から来てるんだと思うよ』

玲司とふたり、うっとりと見上げるうちに、茜音はふと思った。それは天啓《てんけい》のようなひらめきだった。

(もし、わたしが漫画家になったら)

(父さんは会ってくれるのかしら？)

茜音が漫画家として有名になれば、素晴らしい作品を描《か》いて評価されるようになれば、父は会ってくれるだろうか。

素晴らしい絵を描く画家である父の、そのひとにふさわしい娘になれたら。

（もしかしたら、会いに来てくれる？）

（わたしを捜しに、訪ねてきてくれるの？）

飛行船は、ゆったりと星の海を飛んでゆく。船体のそこここに、宝石の輝きを灯したように点滅している光が美しかった。

美月《みづき》と絵馬《えま》は、路地の古い居酒屋で、とりとめもなく近況を話し、思い出話を続けていた。一緒に働いていた頃に馴染《なじ》みにしていた、天井《てんじょう》の低い、煤《すす》けたような店で。ふたり以外はいい年の親父ばかり。ひとり静かに飲んでいるひともいれば、仲間同士、背中をたたき合いどっと笑い声を上げる人々あり。天井に近いところに置かれたテレビの中では、アナウンサーが明るい声でスポーツニュースを読み上げていて。この店に絵馬とふたりで飲みに来ていた頃と、居合わせているひとは違うはずなのに、不思議と、そのままの情景があるのだった。

線路のそばにあるので、たまに電車が通り過ぎれば、振動と轟音《ごうおん》で話す声も聞こえなくなるような店だったけれど、炭火焼きの焼き鳥の、その味だけは、昔から美《お》味《い》しかった。

焼き鳥の脂《あぶら》と炭火の匂《にお》いに燻《いぶ》されながら、美月は、絵馬を家に帰す時間を気にしていたのだけれど、話が弾《はず》むうち、焼酎《しょうちゅう》の酔いが回るうちに、いいだすチャンスを幾度《いくど》も逃した。

そのうちどちらからともなく、ふたりの共通の人物の話になった。

「あいつ、どこにいるのかはわからないけど、生きてさえいればいいと思うのよね」

絵馬が、梅酒のグラスの中の梅を口に含みながら、投げやりな口調でいった。

「ああ、あいつね。それ大事だよね」

あえて名前はいわない。それでも通じた。

絵馬と絵馬の夫だった人物と、そして美月は学生時代に同じサークルに所属していた。ごく少ないメンバーで、学外から講師を呼ぶようなイベントを企画したり、コンサートを聴きに行ったり、たまにはバーベキューをするような、のんびりとした親睦《しんぼく》団体だった。

そのメンバーの中でも、特に、美月たち三人は気があい、仲が良かったのだけれど、やがて美月はその彼と付き合い、そしてそう経《た》たないうちにあっけなく破局した。

自分が幼かったのだと、いまの美月にはわかっている。あの頃の美月は、ただ誰かに幸せにして欲しかった。自分だけを見てくれる誰かがそばにいれば、心の中に抱《かか》えているさみしさを忘れられるような気がしていた。

（他人に、自分を幸せにして欲しいって求めるうちは、まだまだ子どもなんだよね。親に餌《えさ》をねだるひな鳥と一緒。子どもにはちゃんとした恋愛なんか無理なんだ）

大学を卒業し、みんなが社会人になって、数年経《へ》た後、絵馬がその彼と結婚した。

美月はほろ苦い思いを抱きながらも、友人たちの結婚を祝福した。仲間だったからだ。変わらずに、大事な友人たちだから。

結局絵馬もまた、子どもをもうけた後に、家から彼を追い出してしまった。職を転々として、夢ばかり語る男を、子育てしつつ働いて支え続けるほど、彼女は暇《ひま》ではなかったのだ。

なんてことはない、その彼もまたおとなになれていなかったのだ。叶《かな》える力もない、そのための努力もしない夢ばかり語る、しようもない男のひとりだったのだ。

「いまになってみると、あんなののどこがよかったのかわからないね」

という点で、いまの美月と絵馬の意見は一致する。これが若気《わかげ》の至《いた》りって奴かしら、と。

ロッカー志望の長い髪の青年は、吟遊詩人《ぎんゆうしじん》みたいでちょっとよかった。ギターがうまかったし、何より顔と声が美しかった。夢ばかり語って、地に足が着いていないところに惹《ひ》かれたのかも知れない。無責任なところも目新しくて、何だか良かったのかも知れない。

自分たちにはない部分だから。

「でも笑顔だけはちょっと良かったよね」

「うんうん。夏の澄んだ空みたいに、陰《かげ》がない感じで、いい笑顔だった」

「あと、優しかったよね」

「うん、優しかった」

「唄もまあ、うまかったよね。プロになれるかどうかはわからないレベルだったけどね」

「あはは。そうだねえ。作曲の才能もはっきりいってなかったよね。

いま、どこにいるのかな?」

「さあ?」

「いつかまた、会えるかな」

「うーん」

「どうでもいいけどね。わたしたちには、あいつを捜すだけの時間もないしね」

ふたりは笑いあった。

やがて腕時計を見た絵馬がいった。

「あ、もうこんな時間」

美月は席を立った。

「送ってくよ。わたしもそろそろ帰らなきゃ」

「そっか、もうこっちに住んでないんだっけ」

「うん」

「都内には帰ってこないの？」

ほろ酔い気分で街を歩きながら、美月はうなずく。あの頃は都内の高層階の、広くて豪華な部屋に住んでいた。仕事が忙しすぎて、会社になるべく近いところに部屋を探すしかなかったし、高給をいただいていても、そのお金を使う時間もなかったので、収入のほとんどを部屋代に使うことにも抵抗がなかった。

「二十七階に住んでたっけ。街を見下ろす城に住んでるみたいで、気分は良かったけどね」

真夜中、仕事から帰ってきて、大きなガラス窓から地上を見下ろすと、世界の支配者みたいな気分になれたことを覚えている。同時に、地上の生命がすべて滅《ほろ》び、ひとがもうどこにもいない、明かりだけが灯っている世界にひとり取り残されたみたいな気持ちにもなったことも。

ろくに物のない広々《ひろびろ》とした部屋の、分厚いガラスの向こうの景色には、音がなく、ひとの気配もない。凍《こお》り付いた世界のようだった。夜景に灯るたくさんの光は、氷に似ている。小さな氷柱《つらら》が窓に映っているようにも見えた。

「もうああいう眺めはいいかなって思ってさ。綺麗でも、さみしいばかりだから」

いまはいっつもひとの気配がするところに住んでるんだ、と美月は絵馬に話した。

「昼も夜も、誰かしら起きてるから、物音がしてるし、住人たちが寝ているときは、猫どもが鳴いたり廊下を走ってるようなアパートで。引っ越してきたばかりのときはびっくりしたけど、すぐ慣れたよ。で、そういうのって、なかなかいいもんだって気づいた」

美月は、肩をすくめた。

「実は、こういう暮らしって初めてだったんだよね」

笑いのない家に育った美月は、食事もひとりで作り、ひとりですませるような、そんな子ども時代を長く過ごした。両親は家にいるときは、美月の前でいい争いをするか、互いに無視をして黙っているか。美月は、肌がひりつくような、静けさの中で育ってきたのだ。

「始終《しじゅう》ひとの気配がしてるのって、いいものだね。耳を澄ませば、誰かの息づかいが聞こえてきそうな気がするの」

夜、眠れずにいるときも。

朝、静けさの中で目覚めたときも。

耳を澄ませれば、建物のどこかで、誰かがそこにいる気配がする。かすかなしわぶきの音や、洗濯機を回す音。部屋の中を歩く足音。天気がいい朝は、窓を開けてうたってる声が聞こえてくることもある。かなりや荘に住み着いている猫たちの鳴き声や、窓辺に集まる小鳥たちのさえずり。それに話しかける誰かの声も。

そのひとつひとつが、みんな愛《いと》しかった。

その愛しさを、美月は初めて知った。

絵馬の住む高層マンションの、その玄関の前まで送り届けた美月は、別れ際《ぎわ》、訊ねた。

「からだの調子は大丈夫?」

「今夜は楽しかったわ」

絵馬は軽く手を振る。「近いうちに、本格的に、創瑛社《そうえいしゃ》に戻るから。そのときはよろしくね。新雑誌、いい雑誌にしましょうね」

通り過ぎる車のライトを浴びながら、長い巻き髪をなびかせて微笑《ほほえ》む友に、もう一度、美月は問いかけた。

「ねえ、絵馬は創瑛社に戻ってきて、ほんとうにいいのかな?」

絵馬が離れようとしている出版社は、福利厚生に厚いと業界で評判の会社だった。高給で噂のところでもある。長くフリー編集者として働いてきた絵馬の実力を買い、求めて社員として採用してくれたらしい、ということを思うと、美月にはやはり、もったいないことのように思えるのだ。

絵馬は好きでフリー編集者をやっていたわけではない。元からフリーだったわけでもない。女手一つで小さな子どもを育ててこなくてはいけなかったから、少しでも時間に融通《ゆうずう》が利《き》くようにと、その頃勤めていた出版社を退職し、フリーの道を選んだのだ。

結果的には人脈作りがうまい、という彼女の特性がうまく作用して、絵馬はフリー編集者として大成功した。多くの出版社で仕事をし、その仕事がどれも高く評価され、次の仕事への架《か》け橋《はし》となっていった。——忙しすぎて、休む暇がとれなかったということだけが、問題だったのかも知れない。

けれど、ひとり息子の翔馬《しょうま》はもう小学生だ。べったり母親がそばにいなくても、多少は大丈夫なはず。何よりも、いまの絵馬の事情を考えると、正社員として働けることの方が、望ましいのはわかっていた。

「もう決めたから」

きっぱりと、絵馬は答える。

「迷う暇なんかないのよ。だってわたしには、もう、一切の無駄な時間はないんだもの」

不敵に笑う、その表情は美しかった。ああこの友の強さ美しさに、まだ十代だった頃から魅入《みい》られてきたのだな、と美月は思った。

「ねえ、美月」

学生時代と変わらない強気な瞳《ひとみ》で、絵馬は楽しげに美月を見つめる。

「新雑誌、一緒に盛り上げていくの楽しみにしてるけど、色々と容赦《ようしゃ》はしないからね？」

「それはこっちの台詞《せりふ》だよ」

美月は笑い、目に力を込めて、絵馬を見つめた。

この美しい友と、ずっと一緒にいたかった。友として認められるほどの、立派な人間でいたかった。その思いはいまも変わらない。

「負けないからね」

どちらからともなく手を差しだし、ぎゅっと握手した。

5

スターダスト

ユリカはまた、あの神楽坂《かぐらざか》の小さな書店で、一条《いちじよう》翔馬《しようま》に出会った。

翔馬は、その日、落ち着かない様子で、店内をうろうろと歩いていた。

ユリカが声をかけると、泣きそうな表情で、見上げてきた。

「どうしよう。東《あずま》さん。ぼく、今日のオーディション落ちちゃうかも知れません。自信がないよ。どうしたらいいんですか」

声に力がなく、かすかに震えていた。

「オーディション？　何の？」

「『星光戦士《せいこうせんし》エクスリオン』の……」

「ああ、日曜日の朝にやってる、大人気だっていう？」

その時間に自分が出ているファミレスのコマーシャルが流れたことがあったので、何回か見たことがある。獅子座《ししざ》流星群に乗ってやってきた正義の宇宙人が、地球人の若者たちに魔法の力を与え、宇宙から来た悪と、ともに戦うという設定の物語だった。作りが丁寧《ていねい》で脚本も音楽も力が入っているので、子どもたちにもその両親にも人気があると聞いたことがある。

「ゲストキャラで、宇宙人の子どもの役なんです。その子も変身してヒーローになって、主人公のお兄さんたちと一緒に戦うんです」

少しだけ声と表情に力が戻ってきた。小さな手をぎゅっと握りしめる。

「ゲストキャラだけど、もしその宇宙人の子どもに人気が出れば、準レギュラーみたいな形でまた出してもいいって監督さんがいってらしたって、事務所のひとに聞きました。

ぼく……ぼくがその子の役をすればきっと、人気が出ると思うし——ああ、ぼく、そんなことよりか、エクスリオンに出たいです。ぼく、エクスリオン大好きでいつも見てて、だから、あのお話の世界で、生きてみたい。でも、だけど」

翔馬は「絶対に、絶対に、この役を演じたいんです」と、目に涙を浮かべた。

（ああ、なるほど）

あまりに合格したいから、余裕をなくしちゃったんだな、と、ユリカは思った。

オーディションは、肩から力が抜けていないと負けてしまうところがある。無欲の勝利というのか、どこか突き放したような、その役にこだわりのない態度でいた方が、選ばれることも多いと、事務所で聞いたことがある。

「オーディションって、何をするの？　あたし、お芝居のオーディションって受けたことがないからよく知らないんだけど、その役の台詞《せりふ》を読まされたりするのかな？」

「はい」

「台本とかあるの？　いま持ってる？　あたしつきあってあげるから、読んでみようか」

店に他に客はいなかった。コーヒーショップのカウンターにユリカは翔馬を誘い、小さな声で、彼と一緒に台本を読んだ。相手役をしてやり、翔馬の演技を聞いてやり。

しばらく繰り返すうちに、青ざめていた翔馬の頰《ほお》には血の気《け》が戻ってきた。

ユリカは何しろタレントなので、その場の雰囲気《ふんいき》を作り上げることや、ひとを笑顔にすることは得意としていたし、好きだった。

軽い冗談をいい、うまいと褒《ほ》めてやり、励ましたりしているうちに、翔馬は笑顔を見せ、ついには声を立てて笑うようになった。

「ありがとうございます。オーディション、何とかなりそうな気がしてきました」

翔馬はきちんと頭を下げた。

「この役、どうしてそんなに演じてみたかったの？　番組が好きだったから？　変身して強くなるってかっこいいものね」

紅茶を飲みながら、軽い気持ちで訊《き》いたつもりだった。けれど、翔馬は思いがけないような、真面目《まじめ》な表情で、答えた。

「番組が好きだからっていうのもあるんですけど、たぶん、ええと、ぼく、前からヒーローになりたかったんです。本物のヒーローに。母を守れるような、強くて立派な男に」

桜色の唇《くちびる》をきゅっと嚙《か》む。

「母は数年前、病気で入院しました。手術して、悪いところをとったんです。でも……でも、また入院しなきゃいけないことになるかも知れなくて、そうしたら助からないかも知れない、と、お医者様から聞きました。

ほんとはお医者様はぼくには話したがらなかったんですけど、ぼくはママの、母のたったひとりの家族ですから、ぼくが聞かなきゃと思って勇気を出してお願いしました。だって、子どもだからって、ほんとうのことを隠されていたら、ぼく、何もできないじゃないですか？」

大粒の涙が、目元にふくれあがった。

「ぼくは、一流の役者になりたいんです。ひとつでも多く、役をこなして、母を心配させないで済むような立派な俳優になりたい。そして、母の病院代を稼《かせ》ぎたいんです。どんなに高いお薬でも買ってあげられるように」

早くおとなになりたいなあ、と、翔馬は呟《つぶや》いた。

「子どものままじゃあつまんない。エクスリオンみたいに、変身して、おとなになって戦える、そんな魔法があればいいのに」

ユリカは紅茶を飲むのも忘れて、ため息をついた。

「あなた、優しい、いい子ね」

翔馬は涙を拭《ふ》いて、明るく笑った。

「当たり前です。家族ですから。母も、ぼくのために働いて、育ててくれたんですから」

「そうか。そうだね」

ほろ苦い思いでユリカは微笑《ほほえ》んだ。

そして、もし叶《かな》うことなら、この子のお母さんの病気が再発などせずに、ずっとこの子と一緒に暮らしていければいいなあ、と——誰か神様のような存在に向けて、心からそう祈ったのだった。

お店のカウンターには籐《とう》のかごに入った、紫色のあけびがいくつかあった。

ユリカには懐《なつ》かしいものだった。

見ていると、お店のひとに、どうぞ、と差し出された。もしゃもしゃした髪のいつも楽しげな店長だ。襟元《えりもと》の蝶ネクタイとエプロンが、よく似合っている。

「珍しいでしょう？　友人に貰《もら》ったので、よければどうぞ。食べ方、わかりますか？」

「はい。ずうっと昔、子どもの頃《ころ》に、友達に教わりました」

翔馬が興味深そうに、その紫色の果実を見つめていた。ユリカに小さな声で訊く。

「それ、食べられるんですか？」

「そうよ。素朴《そぼく》な味だけど、けっこう甘いのよ。——あとね」

ユリカは言葉を続けた。「幸せな気分になる味なの。食べると、元気が出るよ。魔法みたいにね、前に進むための勇気が湧《わ》いてくるんだ」

ユリカは、店長に小皿とスプーンを借りて、翔馬に食べ方を教えた。

「種ごと口に入れて、もにょもにょって、口の中でするの。そう、種は食べちゃ駄目よ」

翔馬は泣いた後の目を輝かせて、あけびを口に入れ、そして、美味《おい》しい、と笑った。

(そっか。これくらいの年の頃だったな)

あれも秋だった。

あけびの食べ方を、茜音《あかね》に教わったのは。

小学校時代の遠足。いまと同じ、十月だった。学校の近くの山へのピクニック。

そこへは何回もひとりで遊びに来ていたユリカは、クラスからも班からも離れ、ひとりで先へ先へと歩いて行こうとした。みんながとても幼く見えたし、自分がいちばんこの山に詳しいようだと思うと、得意にもなった。

気がつくと、ひとりきり、知らない場所で迷子になっていた。山奥の、緑が濃くて、ひとの気配がまるでないところで。

やがて、雨が降ってきた。秋の山は冬のように寒くなった。空は暗くなってくる。

そのうちに転んで、足首を捻《ひね》った。雨に濡《ぬ》れて、汚れた。ひとりきり、薄暗い世界に取り残されて、ユリカはうずくまって泣いた。

いまも昔も、ユリカは滅多《めった》に泣いたりしない。仕事で涙が必要なときは、目薬を使うくらいだ。なのにそのときは、自分でも不思議なくらいに、あとからあとから涙が湧いて出た。

(もうこのまま、死んじゃうんだって思ったんだ。誰にも見つけられないまま、捜して貰えないままで、世界中のみんなから忘れられて、ひとりぼっちで死んでいくんだって)

そのとき、誰かの声がユリカの名前を呼んだ。細くて優しいけれど、強くて明るい声。凛《りん》として、どこまでも透《す》き通る、懐かしい声。

茜音が捜しに来てくれたのだった。

強く降り出した山の冷たい雨に濡れて、全身濡れ鼠《ねずみ》でも、茜音は笑顔だった。ユリカを見つけられてよかったと、嬉《うれ》しそうにいった。

「もう泣かなくていいよ。怖いこともさみしいこともないよ。だってわたしが一緒だもん」

冷えた優しい両手をさしのべ、ユリカを立ち上がらせてくれた。細い指なのに力強かった。自分と同じ子どもなのに、力強いヒーローが登場したように見えた。

けれど、茜音もまた、道を見失っていた。迷子の数がふたりに増えたようなものだ。

もう駄目、絶対助からない、とユリカは歩きながらすすり泣いた。ふいにお腹《なか》が鳴った。お昼のお弁当も食べないまま、ずっと迷っていたので、すっかり空腹になっていたのだ。

背中のリュックに入れているサンドイッチは、デパ地下のパン屋さんのもの。紙の箱に入っていた。雨に濡れてひどい有様になっているだろう。

なんだか情けなくて力が抜けてきて、さらに泣けた。

そんなユリカに、茜音が、「はい」と、奇《き》っ怪《かい》な紫色の何かを差し出した。

「何これ？」

「あけびだよ。そこにあったから」

森の木を指さした。雨に濡れる木に絡《から》んで、何かの蔓《つる》が巻き付いている。それに同じ形の紫色のものが、いくつもぶら下がっていた。

「見たことない？　ええっと、果物《くだもの》なの。大丈夫。食べられるから。意外と甘いよ」

茜音は自分の手の中のあけびに先に口をつけた。目だけで笑う。

「ね、ユリカ。騙《だま》されたと思って、食べてごらんよ。元気が出るから」

正直いって、その果実の見た目は不気味だった。大体、山にはえて実がなっているようなものって、食べられるのだろうか？

でも茜音は美味しそうに食べている。お腹もすいている。ユリカは覚悟を決めた。

雨の中で食べたあけびは、雨の味と泥《どろ》の味がして、でもとても美味しかった。世界中に、こんなに美味しい果物はないんじゃないかとそのときのユリカは思った。

ユリカは茜音に訊《たず》ねた。

「これが食べられるって、どうして知ってたの？」

ユリカは、あけびの姿も名前も知らなかった。それが人生初めての遭遇だった。

茜音は何てことはないというように笑って、

「ずっと前に、母さんに教わったの。母さん、子どもの頃、家族でよく近所の山に美味しいものを探しに行ったんだって。あけびだけじゃなく、木苺《きいちご》とか、茸《きのこ》に木の芽とかもとったんだって。楽しかったっていってたよ」

あけびの甘さで元気が出た。

ふたりで考え考え、山の麓《ふもと》を目指して歩いて行こうとした。落ち着いてみれば、ユリカにはこの山は知っている山で、そうすると、行くべき道が見えてきた。

（大丈夫。雨と空の暗さに惑《まど》わされていただけだ）

（あたしは、この山を知ってる）

（何回も、遊びに来たんだから）

（ひとりぼっちで）

降り続く雨に濡れながら、木々の間を抜けていくうちに、街の明かりが近づいてきた。雨の中にけぶって見える、夕暮れどきの街の光は、星の光のように見えた。銀河系だ。

ふたりは歓声を上げた。

ただ、歩くうちに、ユリカの捻った足の痛みは増していき、腫《は》れ上がってきた。

「……だめ。もう歩けない」

ユリカはうずくまった。一度引っ込んでいた涙が、また返ってきた。

雨はいつしか上がったけれど、夜が近づいて、空気が冷え、吐《は》く息が白くなった。

「だめだよ」

強い声で、叱《しか》るように茜音がいった。

「こんなところに、濡れた格好でいたら、遭難しちゃう。街はすぐ近くだよ。行こう」

それでもユリカが泣いていると、茜音はそのそばにしゃがみこんで、背中を差しだした。

「おんぶしてあげる」

「悪いよ」

「悪くない。友達だから」

茜音は優しい声で、静かにいった。

「だってさ、立場が逆だったら、きっとユリカはわたしをおんぶしてくれるよね？」

ユリカは何も答えずに、ただ笑った。

うなずいて、涙を拭いた。

あたたかな背中に這《は》い上がるようにして、ユリカは茜音におぶさった。

茜音は、ゆっくりと歩き出した。

雨上がりの空に、きらめくような星たちが灯《とも》った。たまに、銀色の糸がたなびくような光が見えた。流れ星だった。

茜音がほっとしたような声でいった。

「星空が見えると、方角がわかっていいね」

「方角？」

「秋の星座が空一面に見えるでしょう？　いまの大体の時間から考えると、東西南北がわかるもの」

「星座の名前、わかるの？」

「うん」

「知りたい。教えてくれる？」

茜音は少し息切れした声で、星座の名前を教えてくれた。その伝説も教えてくれた。

ただ広いばかりで、光がきらきら無数にまたたくだけの場所だと思っていた夜空が、茜音がその言葉で教えてくれるごとに、くまや猟犬《りょうけん》や、昔の勇者やお姫様のいる、劇場のような世界に変わっていった。

「すごいね。茜音は星のことを、何でも知ってるんだ」

ユリカはため息をついた。

「茜音は賢いものね。勉強もできるし」

「天文の本や図鑑を読んで覚えただけだよ。面白かったからさ。ユリカも読めばいいよ」

茜音は朗《ほが》らかな声で笑った。

「本を読んだら、あたしも覚えられるかなあ」

「うん」

「あたしみたいな馬鹿な子でも?」

「ユリカは馬鹿じゃないよ」

茜音の背中で、ユリカは首を横に振った。

「ううん、馬鹿だよ。勉強だってできないし、今日だって、こんな風に迷子になっちゃって。かっこわるい」

目に涙が溢《あふ》れてきた。

「ごめんね。茜音に迷惑かけちゃった」

茜音は、前を向いたまま、優しい声でいった。小さな子をあやすように。

「迷子になったら、何回でも捜しに来てあげるよ。ユリカは、大好きな友達だもの」

それからそう経《た》たないうちに、ふたりは街に下りる山道を見つけ、下り始めたところで、捜しに来ていた学校の先生たちと遭遇した。

先生たちはふたりを見つけて泣かんばかりに喜び、そのあと思い出したように強く叱り、そして茜音はひどい捻挫《ねんざ》をしていたのだと、そのときになってやっとユリカは知った。ユリカよりもっと足を痛めていたのだ。

担任の先生に抱きかかえられた茜音は、見事にふくれあがった自分の足首を、不思議そうに見つめて、そして笑った。

「山道でユリカを捜してたとき、滑《すべ》って転んじゃったの、あのときに捻ったのかな。でも、いつのまにこんなに腫れてたんだろう?」

それほど痛くなかった、といった。ただユリカを捜さなきゃと思ったし、見つけたら普段は強気なユリカが泣いていたから心配だった。とにかく自分がなんとかしなきゃと思って、背負って歩いたのだと。ときどき痛かったけど、なんとかなった、と。

あっけらかんと茜音は笑う。

「だって、自分が捻挫してるなんて思わなかったんだもの。捻挫ってほら、漫画や物語の本で読むと、かなり大事件みたいだから、もっと劇的に痛いものだと思ってたの。

でもわたし、痛いけど、ちゃんと歩けたから、たいした怪我じゃないと思ってたんだ」

数日後。自分の足の腫れが引いた頃、ユリカは、自分のお小遣《こづか》いで電車に乗り、銀座の高級な洋菓子店でシュークリームをふたつだけ買って風早《かざはや》に帰ってきた。電車代を入れると、お小遣いではそれだけしか買えなかった。でも、自分が知っているいちばん美味しい甘いものを、茜音にプレゼントしたかったのだ。二つきりしかないシュークリーム。自分はいいから、茜音とましろへのお土産《みやげ》にしようと思った。

家を訪ねると、茜音の母のましろは、ふたりで食べなさい、と、笑った。自分は昔食べたことがある、懐かしいお店だなあ、と笑って。

ユリカは洋菓子店の箱を開け、茜音と、シュークリームを手づかみにして食べた。お行儀《ぎょうぎ》は悪いけれど、シュークリームはそうして食べるのがいちばん美味しいのだ。ふわふわのシュー皮には雪のように粉砂糖がかかっていた。カスタードクリームと生クリームがいっぱいに詰められている、ひんやりと柔らかいお菓子は、魂《たましい》の溶けそうな甘さだった。

「ユリカは美味しいものを知ってるんだね」

と、茜音は目を輝かせた。彼女の足はまだよくなっていなかった。

「世界一美味しいお菓子だね。素敵なお見舞いを、ありがとう」

ユリカは黙って首を横に振った。あの日、雨の中で食べたあけびくらい、柔らかく美味しくて甘いものは、世界に二つとないと思ったから。


ブックカフェの仕事の合間に、茜音はネームを描《か》き上げた。

いままでに何作もネームを描いて、そのたびに、美月《みづき》に読んで貰ってきたけれど、いつも、あと少し、もう少し、とその眼差《まなざ》しにいわれてきた。

そのたびごとに、何がたりないんだろうとわからなくて、美月に訊いても教えて貰えなくて、ひとりで悩んでいたのだけれど、今回はなぜか大丈夫な気がした。

いつものようにテーマを出されたわけじゃない、勝手に描きたかったことを描いてしまったけれど。

（でも――）

（もしまた、あの目で見つめられても）

これを描けて楽しかったからいいや、と茜音は思った。美月が褒めてくれなくても、きちんと上質紙に描き、ペン入れをして、完成させてしまおうか。

誰よりも自分が、完成したこの作品を読みたいと思った。この世界に、作品として残してみたい、と。茜音が描き上げなければ、ネームはただのいたずら書きと同じ。誰の目に触れることもないのだ。

「あの、よかったら読んでいただけますか?」

茜音は、玲司《れいじ》に声をかけた。

玲司と一緒に、夜空を見上げたあの日に浮かんだ物語なのだから、まずこのひとに読んで欲しいと思った。

『スターダスト』

それは、ひとつの小さな村とそこに住む人々の歴史と、いくつもの翼の物語だった。

遠い昔。貧しかった頃の日本。その頃のとある小さな村から物語は始まる。

他の町や村よりおくれて、やっと電気が村に通り、ランプの明かりが灯る村。

子どもたちは、夜を明るく照らす、科学の光に夢中になる。

「空からこの明かりを見たら、地上が星空みたいに見えるかしら」

うっとりと夢見る、色褪《いろあ》せた着物を着た女の子がいる。

でも不況の中、子どもたちは遠い町に奉公《ほうこう》に出されたり、身売りされてゆき、二度と村には帰ってこられなかったりした。

空からこの村を見下ろすことを夢見た、あの女の子は、他の娘たちとともに、遠い製糸《せいし》工場に働きにいった。大きく立派なレンガ造りの工場だった。

彼女はそこで教育を受け、言葉を知り、数を知り、世界の広さを知った。その町でおとなになり、やがて恋に落ち、嫁《とつ》いだ。そして生まれた彼女の子どもたち。笑いの絶えない、幸せな日々。夫となったひとは、音楽教師で、家にはたくさんのレコードがあった。その中の一枚、ふたりで耳を澄ませた、「スターダスト」。星空を見上げているような気持ちになる、優しく美しい曲。光が散るようなピアノの音。

遅く生まれた末の男の子は、星が好きで、天体の写真を撮る写真家になりたい、と母に語った。ひとの目にはそのすべては見えないけれど、地球はどんなときも無数の、数え切れないほどの星の光に包まれている。その光を写真に撮りたいんです、と、息子は笑顔で話してくれた。

けれど戦争が始まった。息子は何も語らずに零戦《ゼロせん》に乗り、海の上で、虫のように打ち落とされて星になった。あとほんの数ヶ月で戦争が終わる、という頃のことだった。

戦後、戦場から帰ってきたその子のきょうだいは、外国に移住し、飛行機の開発に携《たずさ》わる会社に勤めた。旅客機だ。大きく白い翼は、世界の空を、鳥のように軽やかに飛んだ。平和になった国々に虹《にじ》の橋を架《か》けるように。二度と悲しい時代が来ないように、祈りのリボンをかけるように。

そして未来、ひとりの若い娘が宇宙飛行士になり、仲間たちとともに、スペースシャトルで飛び立とうとしている。

いろんな国々の研究者がそこにいる、宇宙ステーションへと旅立って行く。

「スターダスト」を小さく口ずさみながら。

シャトルは、地上の人々に見守られて、流星のように星空に向かう。世界中のいろんな国の人々が、インターネットを通して、リアルタイムでそれを見守り、拍手《はくしゅ》や歓声とともに無事な旅立ちを祝う。

日本のとある街。若い娘の旅立ちを、家族とともに、やはりインターネットを通して見送るのは、いまは老いた、かつての女の子。長く生きたその姿はいまは細くやせて、古い木か精霊のよう。けれどその瞳《ひとみ》だけは少女の頃とかわらずに黒々と澄んで、液晶の中の遠い空を見つめる。

星に向かう船のその周囲には、それを見守るように、あるいは自分たちもともに空に旅立つのだというように、いまはもういない人々の姿が。あの日、ランプの光に目を輝かせた子どもたちが。帰らなかった零戦の翼が舞う。空を行く翼が見下ろす世界は、街の光に包まれて、星空が広がっているように見えるのだった。

玲司はあのポルターガイストめいた力でスケッチブックをめくりながら、最初は、

『タイトルに工夫《くふう》がないよな』

なんていって笑っていた。

でもそのうちに真面目な顔になり、読み終わる頃には、眉間《みけん》に皺《しわ》を寄せていた。

「――ええと、つまらなかったですか？」

『馬鹿。逆だ』

玲司は目元を押さえるようにした。

『幽霊を泣かせるとは、おまえはなんてひどい奴《やつ》なんだ』

玲司は笑い、やがてぽつりといった。

『この漫画、アシスタントしたかったなあ』と。『零戦、俺に描かせて欲しかった。飛行機描くの好きだったんだよ。零戦も描きたかった。でも自分の漫画の中では、一度も描いたことなくってさ。零戦が登場するような漫画を描く機会がなかったんだ。いつかは描こうと思ってた。そのうちにきっと、って。資料をたくさん集めてたんだ。

いつか描けると思ってたんだよなあ』

ネームは、美月に喜ばれた。

一読して深く感動して、これはいい、すごくいい、傑作《けっさく》だ、といって、茜音の手を取って、くるくるとその場で踊った。笑いながら、泣いた。

そしてすぐに、真面目な表情になり、ひとりきり、考え込んだ。

言葉にはしなくても、この作品を練り上げて、新雑誌の新人賞に出すのはどうだろうかと考え始めていたのだ。

(これ、すごくいい漫画になるわ)

(地味な作品じゃあるんだけど)

茜音の漫画は、このネームで読む限り、時代や状況の説明もなく、ただ情景と主人公の感情のみを淡々と描こうとしている。読者にそっぽを向いているわけではないけれど、これはけっして、親切な、わかりやすい漫画ではない。ちまたにあるいろんな漫画のように、手取り足取り、ほらここで感動しなさい、さあ泣きなさい、と誘導するような、あざとい工夫も演出もしていない。

けれど、たぐいまれなものといってよい絵のうまさ、見事な構成と演出の良さによって、読み手をいつしか感動させ、気づいたら泣かせている作品となっている。

ストーリーや設定がよくわからないのに、なぜか感動している。きっとこの作品は、完成後、読み手をしてそういわせるだろう。それほど、その物語には込められた想《おも》いがあり、ひとや歴史への愛と共感があるのだ。描かれた絵が、書かれた言葉が、それを全力で表現している。

（才能というのは、無敵なものなんだなあ）

茜音の描いたネームを会社でみんなに見せながら、美月はつくづく思っていた。

篠原琥子《しのはらこ》――美月の友人である、文芸の編集者は、茜音のネームを見ると、深くため息をつき、なるほどね、といった。

「これはたしかに、母親と同じ感性だわ。ふたりとも世界への愛をうたっているのよ。

この世界は優しくないことを知り、様々な不幸や別れがあることを知りながら、でも、望みを忘れずに、愛し続ける人々の歌だわ。――ただ、違うのは、須賀《すが》ましろは世界に背を向け、地の底をのぞき込むようにしてひとりで想いを語るのに、この子は、空を見上げてうたうんだわ。高らかに。

漫画というかたちの、世界への愛の歌を」

痴漢《ちかん》騒動が、前触れもなく突然解決したのは、その夜のことだった。

夜遅く、中庭で騒ぐ人々がいた。複数が走る足音と、誰かが何やらばたつく音と、怒号が響き渡り、何事かと驚いた住人たちが、それぞれの部屋の明かりを灯したまま、ある者は窓を開け、またある者は中庭に降りてゆくと、あの謎《なぞ》の新しい住人、ジャガーがそこにうずくまっていた。

「警察を呼んでください」と、彼は、澄んだ高い声で高らかに叫んだ。

それは正直、姿にそぐわない、アニメの主人公、正義の味方のような、りんとした声だった。

「俺、下着泥棒を捕まえました。現行犯です」

そのからだの下に、下敷きになるようにして、大きな男がひとり、倒れていた。

その男は、ジャガーの巨体に乗っかられ、服の襟元を、背中から引っ張られ、締めあげられて、気絶しかけているようだった。その男も充分大柄だけれど、ジャガーと比べるとまだ普通の人間のスケールに見えた。

茜音もかなりや荘の他の住人たちも、一瞬、かわいそうに、と思ったのだが、その男の手に、誰かのブラジャーが夜目にも鮮《あざ》やかにひらひら揺れているのを見たとき、特に女性陣には、そんな想いは欠片《かけら》もなくなった。

そのときだった。タクシーで帰ってきた美月が、何事、というように車から降りた。

ライトに照らし出されたジャガーを見て首をかしげる。

驚いたように声を上げた。

「明神《みようじん》ジャガー先生じゃないですか？　何でこんなところにいらっしゃるんです？」

茜音は思わず訊ねていた。

「先生、って、明神ジャガーって、ええと？」

聞いたことのある名前だった。

「漫画家の明神先生よ。ほら、核戦争後の世界での冒険アクションや歴史物で有名な」

ああ、と茜音は声を上げた。若干《じゃっかん》茜音の趣味からは外れるので、あまり読んではいないけれど、そのひとの作品に人気があることは知っている。紅林《くればやし》玲司と同じ雑誌の、つまり少年誌の新人賞でデビューした後、ほどなくして青年誌の方に移った漫画家だ。迫力のあるアクションシーンや、熱く燃える男の友情を描く漫画家として有名だった。

（あれ、明神先生ってたしか――）

茜音はふと気づいた。玲司と同じときに新人賞を受賞して漫画家になったのではなかったろうか。

茜音のそばの暗がりで話を聞いていた玲司が、その場にいるほとんどの人々には見えないだろう手を、ああ、と打った。

『そうそう。大昔に、新人賞の授賞式で一緒だったよ。年も同い年でさ、同期デビューだったんだ。でもあのときは、あいつ、誓ってもジャガーなんて名前じゃなかったし、サングラスもとげとげも身につけてなかったぞ。そうならこの天才的な記憶力が覚えてるさ』

美月がその声に振り返った。彼女は本人は知らないけれど、幽霊が見え、声が聞こえる。つまりは玲司の言葉も聞けるのだった。

「いま誰か何かいった？」

首をかしげる。美月が怖い玲司は、身を縮めて、茜音のそばに隠れるようにした。

茜音は笑って、かわりに美月に訊ねた。

「明神先生は、昔、紅林先生と同じ賞でデビューなさったんですよね？　その頃は違うペンネームでいらっしゃったような？　それとあの……雰囲気も、いまとは違ってらしたのでしょうか？」

「明神先生、ご本名はもっと優しげで綺麗《きれい》なお名前でね。描かれるものとあわないからって、青年誌に移るのを機に変えられたの」

痴漢を地面に押し倒したまま、照れたようにジャガーはうなずく。「そのう」と、蚊が鳴くような声で、付け加えた。

「ついでに見た目も、作品にあわせてみたっていうか。その、そういうことです……」

恥ずかしそうにうつむいた。

「さえぐさ……小枝めぐみっていうんです、本名」

ああ、とその場にいたみんなが納得したようにうなずいた。

「──あ、警察の方でいらっしゃいますか？」

虹子《にじこ》がよく通る声で、電話をかけていた。「……ええ、お屋敷町《やしきまち》のかなりや荘です。そういうわけで、夜分大変申し訳ないのですが、この下着泥棒をなるはやで引き取りに来ていただけますでしょうか？　ええ、捕まえました。現行犯逮捕です。うちの住人の、その、正義のヒーローが」

虹子は早口にそういうと、ジャガーの方を見つめた。頬を赤らめて、ごめんなさいと小さな声でいい、深々と頭を下げた。

「──ええと、つまり」まるで声優かアナウンサーのように、透明な綺麗な声で、とげとげの服を着た彼──ジャガーは語った。

恥ずかしそうに。でも、なかば開き直ったような様子で。

真夜中のダイニング。他の住人たちに向かって。どこの方言なのか、言葉の端々《はしばし》に、時々不思議なイントネーションが混じった。

「怪《あや》しい下着泥棒が出るっていうので、俺、夜ふかしは仕事の関係上得意なんで、ご近所のパトロールをしようと思ったんです。ついでにできれば、捕まえてやろうって思ったんですよ。……だって、なぜって、その」

サングラス越しでも、顔に脂汗《あぶらあせ》が流れているのがわかった。

「俺、妹がいまして。すごいかわいがってるんです。だから、昔から、女の敵みたいなのは許せなくってですね。――今日、捕まえられて良かったです」

それにしても、と美月が訊ねる。

「最近、住んでいらした都内を離れて、風早の街に引っ越しなさったらしいと噂《うわさ》は聞いておりましたが――まさか、かなりや荘にいらしてたとは」

「だって……その」

ジャガーは黒いサングラスをはずし、額《ひたい》の汗と、目元に浮かんだ涙を拭《ぬぐ》った。

「かつて同じ新人賞を受賞した同期としては、心の中のライバルとしては、紅林玲司が暮らした場所に立ってみたかったんですよ。そこで暮らしてみたかった。生きてる間会って話せたのは、高校時代、新人賞の授賞式の日の、あの一度だけでした。ろくに話すこともできなかったけど、せめて、って。約束してたんですよ、いつか一緒に遊ぼうって」

サングラスをはずした、その目は黒く大きく悲しげに潤《うる》んでいて、まるで捨てられたかわいい子犬の目のようだった。長くて垂《た》れ気味な眉毛《まゆげ》のせいもあって、お人好《ひとよ》しな、優しい雰囲気の顔立ちだったのだ。とげのはえた首輪も、赤と金のとさかのような髪も、黒ずくめのロッカーのような衣装も、まるで似合わないような。

その様子を、少し離れた柱の陰《かげ》から見守っていた紅林玲司は、心の中で声を上げていた。

(そうだよ。覚えてるよ、あの日。新人賞の授賞式で、たしかに一緒だった。受賞が嬉しい、幸せだって、感激して泣いてたよな。あの、子犬みたいなかわいい目を忘れるものか)

ああそうか、いつか遊ぼうって約束したよな、と、玲司は懐かしく思い出した。

十代の頃。とある少年誌の新人賞の授賞式の日。

まだお互いに高校生だったあの日。胸に新人賞受賞者の印の花をつけて、玲司の隣の席に座っていた彼は、よほど受賞が嬉しかったのだろう。ずっと泣き続けていた。大きなからだをパイプ椅子《いす》の上で縮めるようにして、声を殺して、静かに。でも嬉しそうに。

ちょうどその日は雨で、会場だった出版社の十五階のレストランの窓から、まっすぐに降りしきる、どこか明るい雨が見えた。空が彼と一緒に嬉し泣きをしているみたいだな、と玲司は思ったのだった。雲の合間には、青空が見え、たまに光が走る様子が、昔の細密画《さいみつが》で描かれた天国のようだった。いまにも天使が降りてきそうだった。

式の後のパーティのとき、他の受賞者とは年が離れていたこともあって、玲司は彼とふたりで、少しだけ会話をした。涙に濡れ、でも晴れ晴れとした大きな目で、彼はいった。

「生涯ただひとつの夢が叶ってしまって。これから先は、もう余生《よせい》みたいなものだなって」

玲司は笑って答えた。

「ずいぶん忙しい余生になるんじゃないかな。小枝くん、絵がうまいもの。熱くてかっこいい漫画が描けるしさ。ずっと仕事に追われることになるんじゃないの？」

「むしろそうなって欲しいなあ。紅林さんみたいな天才の輝き、俺の漫画にはないですから。凡人は、この余生、消えないように祈りながら、ひたすら描いていくしかないですよ」

彼は笑いながら、胸を張った。

玲司もまた、笑っていた。

「余生かあ。いいなあ、そういう考え方。無欲な感じがする。天にすべてをゆだねてるって感じがして。かっこいいよ。気に入ったぜ。

なあ俺たち、これからばりばり漫画を描こうぜ。そして飽《あ》きるまで描き続けてさ、もう満足だ、って気持ちになるまで描けたら、本物の余生を一緒に楽しむってのはどうだい？」

「余生を、楽しむ？」

「遊ぶんだよ。思い切り。一緒に映画見に行ったり、うまいもの食いに行ったりさ。旅行もいいな。飛行機の旅とか、船旅とか。そういう未来がじいさんになったあとに待ってると思うのって、ちょっと楽しくないかい？」

「たしかに」

「余生を楽しみに、頑張ろうぜ」

強く、握手をした。

玲司は、自分の手を見つめた。いまは透けてしまうこの手だけれど、あのときの感触はまだ残っているような気がした。

（余生、楽しみそこねちゃったなあ）

ふっと、玲司は笑った。

いつか彼が年老いて、存分に漫画を描いて、満足して筆を擱《お》くとき、自分の分も余生を楽しみ、好きなだけ遊んでくれるといいな、と思いながら。

明神ジャガーが、なぜ、ペンネームだけではなく、外見も変えたのか。

なぜ、ひとと目を合わせようとせず、無口にぶっきらぼうに振る舞っていたのか。

かなりや荘の人々が、本人から真実を聞けば、ひとつひとつの理由はなんということもなかった。

そもそも、明神ジャガーは、それまでの人生と違う自分を演じようとしていたのだ。自分が描くものにふさわしい漫画家であるために。

「その、読者が俺を見たときに、がっかりしたらかわいそうだな、と思って……ですね」

銀次《ぎんじ》さんが、腕組みをしていった。

「それであの、とげとげの服と、とさか頭に変身したってことですか？」

「はい」と、ジャガーは身を縮める。

「ああいうのがわんさか出てくる漫画を描いてますので……ストレートに。趣味が悪いかな、ちょっとやりすぎかな、とか思うこともたまにあったんですが。このノリで生きることを始めたら、面白くなっちゃって」

カーレンが目を輝かせた。

「でも似合うもの。かっこいいし。結果オーライだとわたしは思うわ」

ジャガーはへへ、と照れたように笑い、そり上げた光る側頭部を大きな手で撫《な》でた。

ジャガーは実はあがり症で、コミュニケーションに自信がなかったのだそうだ。長崎《ながさき》で生まれ育って、こちらへ来てまだ二年ほどしか経たないので、九州訛《なま》りも気になった。ヒーローのようでかっこよすぎる声もてれくさかった。それと。

「俺、がたいが大きいし、なにかと不器用なので妹以外の女の子は話しかけただけで傷つけそうな気がして、そばに行くのが怖かったんです」

顔を真っ赤にして話した。

「ああ、それで、みんなと目を合わせて話すことができなかったのね」

部屋着の上にカーディガンを羽織った虹子が、納得した、というようにうなずいた。「かなりや荘、女性の住人が多いし」

「誰かと目が合うと、野生動物みたいに逃げてたのはそのせいだったんですね」

書店員の笹野《ささの》ほのかが、お下げを揺らしてうんうんとうなずく。

明神ジャガーは、額の汗をぬぐいながら、ただそこにうつむいていた。

ジャガーは、住んでいた都内の物件の更新の時期が近づいて、これを機にどこかに引っ越そうかなと思ったそうだ。都内で二年近くひとり暮らしをして、もっと良い住みかを選びたくなったのだ。たまたま業界の知人に聞いて、玲司が最期《さいご》に暮らした、風早のかなりや荘を探し当てた。このタイミングでその場所を見つけられたので、そこに行くべきだという天の思《おぼ》し召《め》し、運だと思ったのだと語った。

玲司が呼んでいるような気がした、と。

茜音は玲司が、柱の陰で、笑いながら、ぶんぶんと手を振る姿を見た。呼んでない、俺は誓って呼んでないぞ、と口が動いている。

何も知らない明神ジャガーは、優しい微笑みを浮かべ、言葉を続けた。

「……紅林さんはずっと俺の憧《あこが》れで、ともに頑張る心の友でした。新人賞に投稿していた時期からです。一度も会ったことがなくても、そうでした。名前だけしか知らなかった時期から。勝手にそう、思ってました。十代の頃に、新人賞の授賞式で一度だけ会ったことがある、挨拶《あいさつ》したことがある、それだけの仲だったけど。駆けあがるようにメジャーな作家になった彼の方は俺のことなんて忘れちゃって、覚えてなかったかも知れないですけど。

老後に、余生に一緒に遊ぼうなんて約束をしてたんです。冗談半分みたいな約束。俺は忘れずに、覚えていましたけれど。マジで、いつか実行するつもりでしたしね。

俺は、いつも紅林さんの作品を読んで、すごいなと思っていたし、友達として、ライバルとして、負けないようにしなくちゃな、って、考えてました。それでずっと、どんなときも、かっこいい漫画が描けたし、今日まで頑張ってこられたような気がするんです。

でも、紅林さんの方では、俺のことをどう思っていたのか。きっと何とも思ってなかったですよね。俺の勝手な憧れ、友達ごっこみたいなものだったんです。

こんなことを考えるのはおこがましいことかも知れないけれど、もしかして、俺が紅林さんのほんとうの友達になっていたら、多少はお節介《せっかい》を焼けて、からだのことを心配してやれたりしたのかなあ、なんて思ったんです。そしたらもっと、あの面白くてお洒落《しゃれ》で綺麗な、天才的な漫画を読むことができたのかなあ、なんて思って……」

声が涙で曇《くも》っていった。

茜音はその言葉を聞きながら、なるほど、と思っていた。

つまり明神ジャガーは、亡くなった玲司のことを思って表情が暗くなり、笑顔が少なくなっていたのだ。このひとは、とても優しくて、涙もろいようなので、玲司のことを思い出すたびに涙をこらえようとして、表情が歪《ゆが》み、そそくさとその場を離れていたのだろう。

その夜、自分の部屋で眠りについた明神ジャガーの、その枕元《まくらもと》に、玲司は現れた。

いかついからだに似合わない、優しい寝顔を見て、ふっと笑い、正座していった。

ありがとう、と。

『もしかして、生きている頃にもう一度どこかで会えていたら、余生なんて待たなくても、俺たちは一緒に遊びに行けたりしたのかも知れないな。

海や渓流《けいりゅう》に釣りに行ったり、街に映画を見に行ったり、うまいもの食いに行ったり、それでその様子を、スマホで写真に撮ってTwitterやFacebookにアップしたりしてたのかも知れないな。

俺ね、時間がないから、自分はそういうことしてなかったけど、SNSでわいわい盛り上がってる同業者たちを見てさ、いいなあ、楽しそうだなあ、とは思っていたんだよ』
何も知らず、ジャガーは眠り続け、玲司ははだけた毛布を、ふわりとその肩にかけなおしてやると、微笑みを浮かべたのだった。
『そういうこと、おまえとしてみたかったよ』

数日後の夜。

一条絵馬《えま》は、茜音の描いた漫画のネームのコピーを読んで、涙した。

マンションの自分の部屋の玄関で、トレンチコートを着たまま、ハイヒールもぬがないままで、何気なく、ほんとうに何気なく、美月から貰ったネームのコピーをバッグから出して手にとり、そのまま最後まで読んでしまったのだった。

溢れる涙で喉《のど》を詰まらせ、目と鼻を赤くして絵馬は泣いた。

もう一度読んで、また涙した。

お帰りなさいと迎えに来た、息子の翔馬が心配して、どうしたのママ、と訊ねてきた。

「大丈夫よ。ちょっと感動しただけ」

悔《くや》しいけどね、と絵馬は涙を拭いて笑った。

部屋に上がり、美月に電話をかけた。

たまに洟《はな》をすり上げながら、茜音の描いたものがいかによかったか話した。

ほぼ一方的に、いいたいことを伝え、褒めちぎり終えると、返事も待たずに電話を切り、ティッシュで洟をかんだ。

「――世界の支配者、ね」

わかるような気がするわ、と翔馬と一緒に、眼下の夜景を見つめながら、絵馬は呟いた。

わたしはここを降りたくないな。

このまま世界に君臨《くんりん》してやる。

(どこまで行けるかわからないけれど。自分の持つ時間が間に合うだけ、前に進むの)

もし倒れても、地面に爪《つめ》を立てて這ってでも、前に進んでやる。

母の表情の変化を感じ取ったのか、息子がそばにすりよってきた。

泣きそうな目をして、心細げに見上げる。

この子は、つい先日も新しいドラマ(子ども向けのヒーローものだと事務所のひとから聞いた)のゲストキャラクターの座を射止《いと》めたのに、いつまでも甘えっ子で、小さい子のままだなあ、と絵馬は苦笑する。

「翔馬。ママ、負けないからね」

「誰に？　何に？」

「いろんなものに」

ヒーローのように、腰に手を当てて、絵馬は不敵に笑った。

（須賀茜音の描くものは素晴らしいかも知れない。それに美月の指導が加われば、きっと名作ができあがるでしょう。

でもね。新雑誌の新人賞、大賞を取るのは、わたしが見いだしたあの子よ）

まだ誰もその存在を知らないだろう少女、佐藤《さとう》ゆず実《み》。須賀茜音と同世代だけれど、ふたりはまるで作風が違う。ゆず実の描く世界を、素朴でひねりがなく、でも懐かしくあたたかい世界を、絵馬は愛していた。

自分だけの小さな宝物のように。

（わたしは彼女を育てるの）

この手の中の宝物は、育てばきっと、見事な輝きを放《はな》つ。小さな子どもから、おとなになったかつての子どもたちまで、幅広く愛される漫画を描ける漫画家に育つ。

（のちの世にも残る作品を）

（手にした読者たちの心に残り、思い出として永遠に生きることのできる作品を）

（描き手や、そして編集者が時の流れの中でいつかいなくなってしまっても、遠い未来まで輝きを放ち続ける作品を）

あの子に描かせてみせる。あの子ならきっと描ける。

育ててみせる。

美月には、負けない。

美月が育てる、須賀茜音には。

彼女を嫌いなわけじゃない。行方《ゆくえ》を邪魔《じゃま》するつもりもない。

ただ、これは美月との戦いだから。大切に思い、相手を認めるからこそ、命がけで、手加減なしでいかないといけないと思うから。

「面白くなってきたわ」

マンションの高層階から見下ろす夜景は、星空のようだった。

ひとの灯す明かりで作られた、地上に広がる銀河系。

あの光は、それぞれの場所で生きる人々の、その願いやいろんな感情を巻き込んでいる。ひとつひとつが祈りのようなものなのかも知れない。儚く、けれど強く、地上に輝く光――。

それを絵馬は見下ろし、長い捷毛《まつげ》でまばたきをして、そして再び笑った。

番外編 その1

空から降る言葉

死ぬにはいい頃合《ころあ》いだと思った。

このタイミングがいま訪れたのは、神様からいただいた贈り物なのかも、と。

(そんなものいただくほど、いい子でも善人でもなかったけどね)

須賀《すが》ましろは、ノートパソコンの画面を見て笑う。メーラーの送信のボタンを押す。時間をかけてしたためた長いメールが飛んで行く。古い付き合いの担当編集者、田代修平《たしろしゅうへい》に宛《あ》てたメールだった。

原稿料を前払いでいただいたことへの、心を込めたお礼状。その思いやりが、ほんとうに嬉《うれ》しかったということを、精一杯の想《おも》いを込めて綴《つづ》った。

作家なのだから、本気で思いを伝えようとすれば、いくらでも言葉は浮かぶ。一見さりげないように綴りつつ、相手が喜んでくれるだろう、感動的な文面にもできる。

ただ——修平がいちばん喜んでくれるだろう言葉は書けなかった。

『田代さんの期待に応《こた》えられるような良い作品を書こうと思います』

あるいは、

『久しぶりに筆が乗っています』

『小説を書くことが、こんなに楽しいことだったなんて、忘れていました』

なんて言葉を書けば、どんなにか喜ばれるだろう。彼は涙もろい。編集部のパソコンの前で、眼鏡《めがね》を外して、そっと目元を押さえる、そんな仕草が目に浮かぶようだった。

そう、いちばん喜ばれるだろう一言が、それとわかっていても、書けなかった。

（嘘《うそ》になるから）

戦友には嘘はつけない、そう思った。

これが彼に出す最後のメールになるのだろうか、とふと思う。

どこか雪だるまめいた、おっとりと丸い雰囲気《ふんいき》のそのひとの笑顔を思い出す。新人作家と新人編集者で出会った頃は、女子高生と大学を出たばかりの編集者だったのに、気がつけば、付き合いが長い分、ふたりとも年をとった。

いつまでも若いお兄さんのように思っていたのに、打ち合わせをしているとき、ふとしたはずみで、もみあげの辺りに白髪を見つけて、驚いたことがある。

（笑顔は変わらないのにね）

ましろの髪にだって、白いものは交じっている。先日は睫毛《まつげ》にも見つけて、ひとはこんなところも年老いるのかと苦笑した。

ましろがいなくなったと知れば、彼は泣くだろうか。それとも葬儀の場で、心の中で、ましろを叱《しか》るだろうか。涙をこらえながら。

（でもちゃんと、お葬式を済ませてくれるよね。完璧《かんぺき》に。かつ細《こま》やかに。来てくださるひとたちに優しく気を遣《つか》って。わかってるよ）

長い付き合いなので、ほんとうに長く仕事をしてきたので、彼の考えること、してくれるだろうことは、手に取るようにわかる。

彼は残された茜音《あかね》のそばで、彼女を支えながら、ましろの野辺《のべ》の送りをしてくれるだろう。喪主《もしゅ》の茜音を守り、彼女のこれからのことも、できうる限り、考えてくれるだろう。

そしてきっと、彼は怒るだろう。すべてを終えて後《のち》、泣きながらましろを罵《ののし》るだろう。

こんなかたちで自分だけ残していくな、といって。この戦場に置いていくなと。

（そう。ずうっと戦友だったんだものね）

気がつけば、この業界に長くいる。デビューが早かったからということもあるけれど、いつのまにかかなりの時を経《へ》た。

いまは遠い昔に思える若い頃、文壇《ぶんだん》で、女子高生作家と珍しがられ、もてはやされた時代に、名前を覚えきれないほどの数の編集者がましろの担当になった。

そのうちのあるひととは良い仕事をし、あるひととは一度も仕事をすることがないままに、いつか縁が切れた。ましろの才能ではなく、ましろを消費できるコンテンッとして近づいてきた人々は、そう経《た》たないうちに、そばからいなくなっていた。

そんな中で、ごく数人、気があって、付き合いが長く続いた人々がいた。田代修平は、その中のひとりだった。

（いい本を、ふたりでたくさん作ったね）

悪意のある醜聞《しゆうぶん》にまきこまれて、全盛期を早いうちに終えたましろの本だ。読者に興味を持たれるとしても、三面記事的な、色眼鏡で見られることがいまだに多い。

実際に本を買い、その内容を読んだことがないのに、レベルが低い本だと評価をくだされることが多いことを、田代はいつも憂《うれ》えていた。酒が入ると怒った。怒り上戸《じようご》で、泣き上戸でもあったので、ましろはいつも困った。困りながら、苦笑しながらも酔っ払いの世話を焼く気分は、そう嫌なものでもなかった。

どこか弟のような、ましろに、というよりも文学の神に仕《つか》える聖騎士のような、その純粋さ、まっすぐな気持ちが好きだった。

「戦友ですよ」酔うといつも修平はいった。

「俺らは、この本の売れない時代に、文学の戦場で戦う、戦友同士なんだ。出版不況なんかに負けてたまるか。愚直《ぐちよく》といわれてもいい。真っ向勝負で、ひたすらに良いものを出し続けることで、きっと、生き残ってやりましょう。強行突破だ」

夜道でも朗々《ろうろう》と叫ぶので、けっこう困る酔っ払いなのだった。

その年齢なりに、役職にも就《つ》き、発言権があるとしても、文芸書で、それもましろの本のような、ほとんど売れない本を、出し続けてくれる。ましろの知らないところで、どれほど矢面《やおもて》に立ってくれているのだろうと想像すると、ましろはいつも申し訳なくなる。

(わたしは、弱い、もうろくに文章も書けないような作家なのに)

感情に波があり、天候の変化くらいのことですぐに書けなくなってしまうましろを、戦友のように支え、守り、導き続けてきてくれた編集者は、修平だけではなかった。

作家が文字を打ち出すまでは世界に存在しない物語を、担当編集者たちの力で本に編み、印刷し、世に残して行く。その繰り返しの日々を、戦友としてともに戦い続けてきてくれた人々が、ましろにはまだ何人もいた。いてくれた。

まるで本の売れない、話題にもならない、もう終わったといわれている作家なのに。

そのひとたちは、そしていまも、ましろの新しい原稿が書き上がる日を待っているのだ。

（ごめんね）

（ごめんなさい）

（みんな、ごめん）

もう新しい原稿を、自分が書くことはない。

須賀ましろには、もう小説は書けない。

そのことを、ましろ自身はわかっていた。たぶんそう、茜音を授《さず》かり、母になる前の段階で、とっくに気づいていた。いつのまにか、ましろの中で、才能は死んでしまっていたのだ。

ましろの書くものを、いまもうまいと褒《ほ》める人々は少数いる。それはありがたいことだけれど、彼女自身は、おとなになってからの自分の作風は好きではなかった。

少女時代、翼がはえたように自由な思いでかろやかに書くことができた、あの頃のような小説がもう一度書きたくて、でももう書くことはできなかった。

あの頃は、神様や天使の声が聞こえてくるようだったのに、ただ空から降りてくる言葉を捉《とら》えて綴るだけで良かったのに、いまの自分にはもうそれができない。地を這《は》うように重い心を抱いて、不器用な思考で言葉を綴り合わせ、自分にできるだけの、なるべく美しい作品を仕上げていくだけだった。

いつのまに、空の言葉は聞こえなくなったのだろう。おそらくは若い日に、あのひどい醜聞に巻き込まれた時期に、信じていたひとたちに裏切られ、ののしられ、悲しいさよならを繰り返したあの頃がいけなかったのだ。

嵐のようだった時代を乗り越えて、やっと息がつけるようになった頃、気がつけば、空からの言葉は、何も聞こえなくなっていた。

昔は、何も知らない、田舎《いなか》の高校生だった頃は、校舎の屋上の、その空から降ってくる言葉を受け止めることができたのに。

高校生作家としてデビューして、シンデレラのような思いで、目を輝かせて書き綴っていた頃にも、その言葉は聞こえていたのに。

高校在学中に、文芸の大きな新人賞を受賞して、華麗《かれい》にデビューし話題になり、何冊もベストセラーを書いた、あの頃の須賀ましろは、もういない。たぶんとっくに死んでしまった。ここにいるのは、かつて天才少女といわれた過去を持つ、ひとりの心弱い女に過ぎない。

そのことに気づいていて、でも原稿の依頼を受け、あがくように書き続けてきたのは、ひとえに茜音を育てるためだった。

ましろは文章を書く以外の仕事に就いたことがなかった。就職に役立つような資格も何ひとつ持たないし、そもそも、文壇以外の世界を知らない。十代で作家となり、そのまま学校に戻らなかったからだ。その後、大病をし、長く入院したましろには、若い頃のような体力もない。働ける場所も限られる。

小説家として生きるしかなかったのだ。

（書けないとわかっていても）

デビューしたばかりの頃の、十代のあの日々のように、心に言葉が自然と降るような、そんな才能はもう消えてしまったのに。

それがわかっていても、ましろは、詐欺《さぎ》のように、小説家の看板は下ろさなかった。

茜音とともに生きていくために。そして、苦悩しながらも書いているうちに、昔の感覚を取り戻す、そんな日が来るのではないかと夢見てもいたのだろうと、いまは思う。

夢見ていた。言葉にはしなくても。

昔のように、かろやかに文章を綴ることができるようになれば。あの日の才能が、自分の中に復活すれば。

きっと、素晴らしいものが書ける。そうすれば、戦友たちを喜ばせることができる。もしかして、少しは売れる本が書ければ、みんなに恩返しができるだろうし、うまくすれば、何かの賞をいただけて、仲間たちとともに、晴れがましい場所に立てるかも知れない。

そう思って、書き続けてきた。

地を這うように、言葉をひとつずつ、探り当て、拾い上げるようにして。迷いながら。

文章を書いて得たお金で育てた茜音は、母のように、本が好きな子どもに育った。賢くて優しく、勘《かん》の良い娘だ。最愛の宝物だ。

その茜音も、担当編集者たちも、ましろが必死になって書き上げた原稿を、素晴らしい、美しい、と褒めそやす。

ましろ自身は、満足していないのに。茜音を生かすために書いているのでなかったら、どれひとつ発表なんてしたくない、不格好な、美しさなんてない出来だったのに。

(書き続けていれば、いつかまた、昔のような、迷いのない文章が書けるかと思ったんだ)

いま読み返すと、別人が書いたように神々《こうごう》しい、美しい作品を。文芸の世界の神に仕える巫女《みこ》の託宣《たくせん》のような、文章の一閃《いっせん》で世界の真実を描ききるような。

あんな作品を、もう一度。

もう一度、書けるようになったら。

でも結局、今日まで、その感覚が蘇《よみがえ》ることはなかった。

そして永遠に、もうそんな日は来ないのだ。


液晶画面に映る自分の笑顔が、その口元が、こわばっているのがわかる。黒々とした瞳《ひとみ》の、その眼差《まなざ》しが暗い。すでにして死者のようだ。死の世界を見つめているような、眼差し。

電源を落とし、蓋《ふた》を閉じた。そのままほの温かい蓋の上に手を置いて、ぼんやりと外を見た。小さな庭には、枯れかけた雑草たちが、細々《ほそぼそ》と風に揺れていた。まだ午後になったばかりなのに、空の色が暗い。これからきっと、雨……いや、雪になるのだろう。

今日はとても冷えていて、ストーブをつけていても、氷のような空気がたまに部屋に入ってくる。

二〇一四年クリスマスイブ。

これが自分の最後のクリスマスになるのかなあ、と、他人事《ひとごと》のように思った。

クリスマスの街は華やかで、みんな幸せそうに見えた。そろそろ夕方が近づいてきているので、にぎわいも増している。

最後に、行くところがある。そのために駅前に出てきたのだけれど、そこは光ときらめきと音楽でいっぱいの素敵な場所だった。

行き交《か》う人々も、店に立ち、客たちを迎える人々も、みんな笑顔で楽しげだ。

これが自分が最後に見る風早の街の風景かと考えると、とても幸福なことのように思えた。綺麗《きれい》なものや美しい情景、幸せそうな人々を見ていると、なぜか懐《なつ》かしい気分になるのはどうしてだろう、とましろは思う。遠い昔にいた場所に帰ってきたような、そんな気がする。

街に飾られた樅《もみ》の木も、サンタクロースやトナカイや橇《そり》も、電飾を光らせて、得意げに見える。輝くモールも、色とりどりのオーナメントも、まるで街中がおもちゃ箱をひっくり返したような有様で、きらきらと美しい。

茜音はアルバイト先のケーキ屋さんで、ここのところ、クリスマスケーキをたくさん売っている。サンタガールの格好で店に立つと、お客さんたちが意外なほど喜んでくれるのだと自分も嬉しそうに話してくれた。

いつも、茜音が帰宅した後、その日の話をしてくれるのを聞くのが好きだった。ましろは茜音のように会話がうまくない。上手な受け答えも、相《あい》づちすらもうまくできなかったけれど、あの子の小鳥のさえずりのような言葉を聞いているのが好きだった。

何でまた自分のように陰鬱《いんうつ》で不器用な人間に、こんなに明るい、誰からも好かれるような娘が授かったのだろうと、いつも不思議だった。——きっと父親に似たのだろう。そう思うと、胸の奥の方に甘く鋭く、心を嚙《か》む痛みがある。茜音の父親となったひとは、あの頃、心を病《や》み、手負いの獣《けもの》のようになっていたましろを愛し、幸せにしたいといってくれた。それを信じずに、逃げたのは自分だ。

もし、あの大きな温かな手を信じていたら、ましろは、今日こんな風に、最期《さいご》の場所と死に方を考えながら街を歩かないですんでいたのだろうか、と微笑《ほほえ》みを浮かべながら思う。

そう、笑顔で思う。そのひとの幸福を、いまはただ願う。

あの手から遠ざかったのは、もう遠い過去のこと。あのひとはいまのましろの気持ちも知らず、茜音の存在も知らないだろう。きっとましろと出会ったこと、ともに絵本を作り、束《つか》の間《ま》ともに暮らしたことの、そのすべてが、忘れたい過去のこと、故国《ここく》だった国に置いてきた、思い出のひとつでしかないに違いない。

（でも、それでいいんだ）

ましろは、空を見上げる。

彼は美しいものを見る眼差しと、光溢《あふ》れる絵を描く手を持つ人間だ。神様に祝福され、そのたまものを授かった画家なのだ。

ましろのような人間との関《かか》わりは、思い出の中だけでいいに決まっている。

（だけど）

叶《かな》うなら、いつか茜音とは会って欲しいと思った。才能をなくした惨《みじ》めな自分が、何とか育て上げた大切な娘を、父親として守ってやってくれたら――それを願うのは、それすらも、我《わ》が儘《まま》な願いなのだろうか。

優しく賢く育った娘に会って欲しい、この子を愛して欲しいと願うのは。

（茜音は、強い）

我が娘ながら、立派に育った。器用さもあり、勘がいい。運も良く、無意識のうちにひとに好かれ、人脈を作り上げる、不思議な能力も併《あわ》せ持っている。

だけど、これから先はあの子はひとりになる。ましろの代わりにあの子を見守って欲しいと、せめていつか出会ってやって欲しいと、そう願うのはいけないことだろうか。

もし娘だと名乗り出て、けれどそのひとにその血の繋《つな》がりを否定されたらかわいそうだからと、今日までの日々、あの子の存在を伝えようとしなかったましろが、今更そんなことを願ってはいけないのだろうか。

ましろは、ふうっとため息をついた。

(あとのことは、茜音に任《まか》せよう)

あの子はもう十九歳。ましろよりも強く、健《すこ》やかで、判断力にも長けている。

あの子には父親の名前を伝えてある。必要だと思えば、きっと訪ねていってくれるだろう。そうすることが幸せに繋がると思えば、きっとあの子はそうしてくれる。

冷たいと思ったら、雪が降り始めていた。

まだ空は、完全な雪空ではないのに。

でも天気予報はそういえば雪だったから、これから空は、不透明水彩の白に塗りつぶされてしまうのだろう。冷蔵庫のような白に。

(寒くなりそう)

ホワイトクリスマスになるでしょう、と、ラジオがいっていた。

茜音が帰る頃には、積もっているだろうか。

(家を暖めてあげられないなあ)

ストーブもこたつも消してきた。

凍《こご》えながら帰ってくるだろう彼女を、今日はお帰りなさいと迎えることができない。

お腹《なか》を空《す》かせているだろうから、せめて、と、カレーを鍋《なべ》に作ってきた。

つい、いつも作るときのようにふたり分を、それも翌日の分まで作ってしまったけれど、茜音はあのカレーをもてあましたりしないだろうか。うっかりしていた。悪いことをしてしまった。あの子はひとりになるのに。

温め直し、温め直しして、食べてくれるだろうか。そうして、ひとりきりの寒いクリスマス、少しは——少しくらいは、温かく感じてくれるだろうか。

料理が下手《へた》な自分だけれど、カレーだけは何とか作れる。茜音も美味《おい》しいと喜んでくれるから、クリスマスだし、と、久しぶりに作ってみた。

ひときわ美味しく作りたくて、でも茜音のようには手際《てぎわ》よく作れなくて。玉葱《たまねぎ》を刻むときは目に染《し》みて涙を流したし、指先もついでに切ってしまった。炒《いた》めるときには、鍋の肌や飛び散る油で火傷《やけど》までした。

絆創膏《ばんそうこう》を巻いた指や、あちこちの小さな火傷の跡を見て、ましろは苦笑した。いまは痛みを感じるということさえ、幸せなことのように思えた。痛みすら、甘い記憶になる。

もうじき、何も感じなくなるのだ。

久しぶりに、東京行きの電車に乗る。この時間、都内に向かうぶんには混んでいないので、暖かな空気の中で、他の客たちと一緒に揺られながら、窓の外の景色を眺めた。

寒い地方の、緑の多い山の中で育ったので、最初は関東のこの平野に慣れなかったことを思いだした。ましろがデビューをきっかけにこちらに出てきたときは、いまほどは高層ビルがなかったこともあり、電車の窓から見る景色が、どこもかしこも同じに見えた。似たようなデザインと高さのマンションとアパート、様々なビルが、一面の平野に延々と並んでいる。ひとりきりでこのどこかに置き去りにされたら、迷子になる、と怖くなった。山もない、森も林もない世界で、どうしてみんな方角がわかるのだろう？

柔らかい座席に背中をもたせかけて、ましろはくすりと笑う。十代の自分が懐かしかった。茜音よりも幼かった頃の自分が。

いまはもう、この平野の広さに慣れてしまった。緑に包まれた故郷は、森の中を駆け、木苺《きいちご》を摘《つ》んだ日々は、遠くに行ってしまった。あの地にましろが帰る場所はもうない。家もない。家族もいなくなってしまって、どこにいるとも知れない。

小さな田舎の町の人々は、ましろが文壇でもてはやされていた頃は、地元の誇りとしてちやほやしてくれた。けれどその後、雑誌にでっち上げられた醜聞で文壇からほとんど追放されるような目に遭《あ》ったとき、その地には、ましろを守ってくれるひとも、かばってくれるひともいなかった。

その町の人々だけを責めるのは間違いかも知れない。ましろの両親は移住者で、その町に溶け込んでいなかった。ひと嫌いな人々だったので、町に溶け込むことを必要と思ってもいないきらいがあった。不器用な性格でもあった。善意で差し出された手をうまく取れずに、睨《にら》み返すような。実のところ、ましろたち一家は、その町の人々にとって、よそ者に過ぎなかったのかも知れない。

ひとりになって、それが祟《たた》った。

一度だけ、心を休めに帰った故郷で、ましろに向けられたのは、記事を信じた好奇の視線と、ざまあみろ、という歪《ゆが》んだ笑顔だった。

隠されていた嫉妬《しっと》の渦《うず》の中で、ましろは水に落ちた子犬に石をぶつけるような、そんなひどい扱いを受け、逃げるように故郷に背を向けた。それ以来、その場所には足を向けていない。

故郷と呼べる場所は、ましろをお帰りと迎えてくれるところは、もう地上のどこにもないのかも知れない。

――ああ、だけど……。

ただひとり、茜音だけがましろを迎えてくれる家族で、ただひとつ、茜音がいる場所だけが、ましろの新しい故郷といえるのかも知れない、とふと思った。お帰りなさい、と笑顔で迎えて貰《もら》える場所。二度と帰れない故郷になるけれど。

揺れる電車の中で、ましろは目を閉じる。

茜音にはさみしい思いをさせてしまうだろうけれど、でも、その代わりにお金が入る。

若い頃に入った保険がある。その保険の存在は、以前冗談めかして茜音に話してあるので、きっと彼女は思い出してくれるだろう。

そこまで大金ではないけれど、葬式代には充分たりる。その上に、これからの茜音の暮らしを少しは助けてくれる、それだけの金額だろうと思った。

(あの子は、ひとりでも大丈夫)

自分ひとり生きていくだけの金額なら、もう働いて手に入れることができる。

そう、ある意味、彼女がここまで育つのを、ましろは待っていたのだ。

(保険、入っててよかったなあ……)

若い頃、茜音が生まれるずっと前に、気まぐれで契約したものだった。あの頃、よく通っていた喫茶店でのことだ。池袋《いけぶくろ》北口のその喫茶店は夜通し開いていて、いわくありげな客ばかりいたけれど、ましろはその店に置いてある熱帯魚の水槽《すいそう》と、いつも生《い》けられている見事な花が好きで、よく通っていた。メニューはコーヒーとそのアレンジ、他にはサンドイッチとケーキセットくらいしかないその店で、熱いカプチーノを飲むのが好きだった。煙草《たばこ》の煙がもくもくと上がる店内で、自分だけ客層から浮いているのはわかっていたけれど、夜も誰かがいる場所というのはありがたかった。すでに書けなくなりつつあった小説の構成を、その店で朝まで練るのが日課だった時期がある。

その頃のましろは、身におぼえのないスキャンダルの中にいて、明るい場所を歩くのが怖かった。新聞にも週刊誌にも顔と名前が出たので、誰もがましろを指さし、あれがその子か、と噂《うわさ》していそうな気がしたのだ。ほんとうではないこと、ましろには思いも寄らないようなことが書かれた記事を信じるひとたちに、笑われ指さされる。その視線が怖くて、昼間は家に閉じこもっていた。一番怖かったのは誰とも知らない人々に悪意のある逸話を作りだされたそのことだったかも知れない。なぜそんなひどいことができるのかわからなくて、だから恐ろしかった。

夜の街と、この駅前の喫茶店は、そんなましろに無視という名の優しさを与えてくれた。その明かりとざわめきの中で、ましろはなんとか仕事をすることができたのだ。

そんな中で、いつも同じ頃店に来て、顔を合わせることが何度か重なったひとがいた。きちっとスーツを着たその女性は、あどけなく見える笑顔がいつも疲れていた。年齢が近そうだと互いに思ったことが、会話のきっかけだった。

自分は保険の外交員だと、離婚してひとりで子どもを育てているのだといった。まだ働くことに慣れていないのだ、ともいった。

本を読むのが好きだというそのひとに、ましろは、乞《こ》われるままに自分の名前を教えたけれど、そのひとはましろのことを知らなかった。がっかりするよりもどこかほっとした。そのひとは、申し訳なさそうな顔をして、今度書店で探しますから、きっと読みますから、と約束してくれた。

顔を合わせるたび、天気や日常のニュースなどの、とりとめのない会話を続けているうちに、いつか友達のような気持ちになっていた。

ある日、保険に勧誘されて、若い頃から入れば掛け金も安くてすみますから、といわれて、いいですよ、と、契約をした。自由業なので、大丈夫かなとそれだけ不安に思ったけれど、契約は無事に成立した。そのひとのためになったならよかったと、ましろは思った。

別に保険に興味があったわけではない。このひとを喜ばせてあげたいなと思って入った保険だった。

それからそう経たないうちに、そのひとはあまりその店には来なくなり、ましろもふとしたきっかけで、店から足が遠のいた。だから、いまそのひとがどこでどうしているのかは知らない。そのひとがあの日いっていたように、ましろの本を探し、買って読んでくれたのかどうかも、わからないままだ。

でも、ましろは、そのひとがあの後、幸福に暮らしていてくれればいいなあと思っている。離婚して育てていたという子どもは、大きくなったのだろうか？

（わたしが死んだら、彼女に連絡が行くのかなあ）

そのとき彼女は、あの熱帯魚の水槽がある喫茶店で他愛《たわい》もない会話をしたましろのことを思い出してくれるだろうか。小説の構成を夜通し練っていたましろの姿を、記憶の片隅にでも覚えてくれているのだろうか。

（考えてみれば、あのひとがもう、保険会社にいるかどうかもわからないんだなあ）

それほどの長い年月が経ってしまった。それほどの長い年月が経ったからこそ、ましろが自殺したとしても、保険金は下りるのだ。

（契約してから数年は、自殺だとお金はもらえないんだよね。それが自殺目当ての契約だと困るから）

小説が書けなくなり、からだを壊し、茜音を手元に置いて育てることになって。苦しかった今日までの間に、何回も、あの保険のことを思い出した。

何て素晴らしいんだ、とうっとりした。この苦しみから逃れられる上に、茜音に残せるお金が手に入るのだ。

でもそのたびに、まだだ、と思っていた。ひとりでも生きていけるようになるまでは、自殺はだめだ。

というよりも、自殺だと悟られるような死に方をしてはいけない、とましろは思った。

もし自殺だと知れば、茜音は自分を責めるだろう。自分のために母は命を絶ったのだと、自分の存在がなければと嘆《なげ》き悲しむだろう。

（だから）

今日までの長い年月をかけて、ましろは言葉の端々《はしばし》に、自分は自殺などしない、とメッセージを込めてきた。刷《す》り込みのように、自分の命を大切にしていたと、ましろはそういう生き方をしたのだと、思い込ませるようにした。わりといいかげんで思いつめるたちでもない、そうも思わせた。言葉で魔法をかけるように。そっと呪文を唱えるように。

それは言葉を使うことを仕事にしてきたましろにはたやすいことだったし、ましろを愛し、信頼している我が子だからこそ、可能だったことともいえる。

ましろが姿を消しても、茜音はまさか母が自殺しようとして家を出たとは思わないだろう。そうであって欲しい、とましろは願っていた。

あの子が泣く姿を見るのが、何よりも辛《つら》かったから。

いまならば、と思った。

口座にお金が振り込まれ、仕事の依頼もある。スランプ気味だといいながら、原稿を書く気になっていたような母の姿を、茜音は見てきている。

より信じて貰えるように、ノートパソコンも持ってきた。古い型のものだから、いささか重たいのだけれど、仕方がない。どんな死に方をするにしろ、パソコンを持って自殺しようなんて思う人間はそうそういないだろう。

もしいままでしろが姿を消し、数日後、どこかで遺体で発見されても、事故だったのだと彼女は思ってくれるだろう。たくさん泣いて、悲しむだろうけれど、いずれは諦《あきら》めてくれるだろう。事故だったのなら、仕方がない、と。

事故だったと思って欲しいのは、茜音にだけではなかった。

故郷のひとたちに。そしてあの頃、ひどい噂を信じたひとたちに、負けたと思われたくなかった。

これ以上笑われてたまるかと思った。

(ほんとうは、死にたいわけじゃないんだ)

ずっと自殺しなくてはと思い、この日を待ち望んでいたけれど、生きることが嫌いだったわけではない。茜音のそばにいてやりたかった。可能なら、良い小説を書き、担当編集者たちを喜ばせてあげたかった。

（でも、わたしがこのままこの世界にいても、何の役にもたたないしね）

自分のような才能の枯《か》れてしまった人間が茜音のそばにいてはいけない、離れなければ、と、ずっと思っていた。

茜音がかわいいからこそ、こんな弱い、情けない人間がそばにいてはいけないのだと、ずっと、思っていた。

でも、今日まで、茜音のそばを離れる決心がなかなかつかなかった。

こんな自分でもそばにいれば、あの子を守ってあげられるかも知れないと思ったし、今日よりは明日、明日よりはあさってと、日々成長して行く茜音を見ているのは楽しかった。

母さん、と呼んでくれる、その声が好きだった。自分みたいな情けない母親をそう呼んでくれることが申し訳なく、切なくて、でも、嬉しかった。世界にたったひとり、自分だけがこの子の母親なのだ。

ましろは若い頃の病《やまい》のせいで、一時期、幼い茜音のそばにいられなかった。一緒に暮らし始めた最初の頃は、だからお互いに遠慮もあり、少しだけ他人行《ぎょう》儀《ぎ》に暮らした時期もある。でもすぐに、ましろと茜音は、互いを必要とする家族になった。家族であり、友人同士であり、姉妹でもあるような、世界の中でたったふたり、強く結びついた家族になれた。

幼い頃の茜音の肌や髪の匂《にお》い、手触りの柔らかさや、体温、甘えてくるときの笑い声。耳元でささやく内緒話。町で見た綺麗なものの話。かわいいものの話。優しいひとを見かけた話。

そのひとつひとつを、ましろは覚えている。口べただし恥ずかしいので、その愛《いと》しさを直接娘に語ったことはなかったけれど。

ずっとそばにいられたら。

そう思っていた。

でも、無理なのだとわかっていた。

ずっと昔から、諦めていたのだ。

そうしてそばにいないことが、さよならをすることが、きっと茜音へのいちばんの贈り物になるのだと、ましろは思っていた。

(たくさんのものを、貰ったものね)

耳の底に残る、かわいい笑い声や、腕に抱いたぬくもりの記憶だけで、自分はもういいと思っていた。

これだけあれば、どこにでも行ける。

どんな遠いところにだって。

「あ、しまった」

小さく声を上げた。

家賃を出がけに大家さんの家に届けようとしていたのに、現金の入った封筒をバッグに入れたまま持ってきてしまった。

ああ、と手で頭を抱《かか》える。自分はもうあの家に帰らないのに、どうしたらいいだろう？

死を目前にしているわりには冷静だと、落ち着いているじゃないかと、自分を褒めてやりたい気分だったのに、やはり多少は動じていた、ということなのだろう。

（仕方ない）

田代修平に郵送して、茜音に持っていって貰おう。急いでね、と手紙に書こう。

電車は新宿《しんじゅく》に着いた。

ましろは席を立った。ざわめきとひとの洪水と、天空にそびえる高層ビルの森。

その中に、ましろが行かなくてはいけない場所がある。会いたいと思う、懐かしいひとがいる。最後にどうしても挨拶《あいさつ》をしなくてはいけないひとが。

西口改札口を抜ける。構内のお花屋さんで花束を作って貰ってから、西新宿の、高層ビル街の方へ向けて歩いた。

クリスマスの街は街路樹にも、ビルの周囲の公園や庭にも、明かりが飾られていて、こんなときでも心が浮きたった。ちょうど夕方。黄昏時《たそがれどき》の空の下に灯《とも》り始めた明かりはとても美しかった。天使やトナカイの人形の姿も見える。

東京は広い。地平線に広がる街の数々は、光の渦のように見える。

十代の頃、担当編集者に連れられていった都庁の展望室から、その情景を見たとき、ましろは、この街はなんて果てしがなく広いのだろうと呆然《ぼうぜん》としたことを思い出した。

あのときも夕景だった。地平に灯り始める明かりが、とても綺麗だった。そう、あのときもましろは、その美しさに見とれつつも、迷子になったらどうしよう、と思ったのだ。こんな広い世界、絶対にひとりでは歩けない。

青ざめたのを見て取ったのだろうか、そばにいた編集者が、優しく笑った。

「大丈夫ですよ。あなたがどこに行くときも、わたしがきっとそばにいますから」

きちんとしたスーツがよく似合っていた。お父さんのようなひとだった。椎名《しいな》守《まもる》。最初の担当編集者。ましろの才能を育てたひと。この街に、この業界にましろを呼び、広い世界に、光の中に立たせてくれたひと。名編集者と称《たた》えられていた編集長だった。

西新宿の高層ビルの続くこの道を、街路樹の明かりに彩《いろど》られ、たくさんのひとたちが行き交う広い歩道を、ましろはその頃そのひとと歩いたことが何度もあった。打ち合わせで上京するたびごとに、ここにたつホテルのひとつに部屋を取って貰ったし、のちにはこの近くに部屋を借りた。そのときも、そのひとが見守り、力を貸してくれた。

大好きだった。誰よりも信じていた。どんなときも、ましろの保護者であり、味方でいてくれたひとだった。

原稿には何度も厳しい感想を貰い、いい加減なものを書くことも逃げることも許されなかったけれど、作品ができあがるごとに、心から褒めてくれた。良いものができれば、涙ぐんで素晴らしいといってくれた。

あの時期に、ましろは小説を書くということを学んだのだと思っている。

訪ねたのは、大学病院だった。

あの担当編集者、椎名守が、そこの一室に長く入院しているのだ。そのひとは、数年前から、その病院に入退院を繰り返していた。家の近所だから楽なんですよ、歩いて入院できるから、と、笑顔で話してくれた。若い頃と変わらない、少しいたずらっぽい笑顔で。

言葉をさらさらとスケッチブックにサインペンで書いて。

何回かお見舞いには来ていたけれど、今日がその最後になるのだと思った。ましろがいなくなったことを、そのひとが知れば嘆くだろう。できれば知らずにいて欲しいと願った。

個室を訪ねていくと、部屋の扉の前にそのひとの奥さんがいて、うつむいて涙を流していた。花瓶《かびん》に生けられた、しおれかけた花を抱いて、声を殺すようにして泣いていた。

ましろは、小さな声で、あの、と声をかけた。

そのひとは驚いたようにやつれた顔を上げ、そして、微笑んでくれた。慌《あわ》てたように手で涙を拭《ふ》きながら。懐かしい笑顔で。

差し出した花束を喜んでくれた。明るい表情で、病室の方を指し示した。

「いまちょうど起きてますから。きっと喜ぶわ。わたしはいただいたお花を入れてきますわね」

花束と花瓶を抱いて、そのひとは逃げるようにその場を離れた。花を花瓶に生けながら、ひとりで泣くんだろうな、と、ましろは思った。

あの頃、このひとたちの家に、何度も呼ばれた。子どものいない夫婦だった。数匹の猫と、庭には犬のいる家。四季折々に咲く花々に包まれた庭を持つ古い家。本がぎっしりと並んだ本棚《ほんだな》と、広々とした応接間、見事なステレオがある家で、ましろは娘のようにかわいがって貰った。

（でも、あの頃のわたしは愚《おろ》かだったから）

どんなにかわいがられても、遠慮があった。我が子のようにかわいがられていると感じていても、きっとそれは仕事のため、良い作品を書いて貰うために、仕方なくしていることだと、あの笑顔は無理してのものなのかも知れないと、一歩引いて思おうとしていた。

だって、自分のようなものが、誰かにこんなに大切にされるわけがない。

田舎に暮らしていた頃、国語の先生に文才を見いだされるまで、ましろは誰からも大切にされることがなかった。きょうだいの多い家で、仕事の忙しい両親に育てられた彼女は、いつも放って置かれていたから。

悪目立ちする美貌《びぼう》は、白すぎる肌のせいもあったのか、幼い頃はいじめの対象にしかならなかった。長じて、綺麗だといわれるようになっても、幼い頃の記憶から、素直にその言葉を受け取ることができなかった。見た目だけで判断されることにも、抵抗があった。

ましろの友達は本だけで、書くことだけが、彼女を支えていた。

そんな彼女を、高校時代の恩師が見いだし、書くものをひとつひとつ褒め、やがて文芸誌の新人賞に投稿させて——そして、須賀ましろは急に華やかな世界へと、呼び出されることになったのだった。

だから——。

ましろは愛されることに慣れていなかった。自分のことを好きでもなかった。世界の片隅で、やっと生きることを許されているような、人間に擬態《ぎたい》して生きている醜《みにく》い化《ば》け物《もの》のような、そんな存在だと自分のことを思っていたから。

(だから、椎名さん夫婦に優しくされても、信じられなかったんだ。こんなわたしなんかに、心から優しくしてくれるひとがいるわけがないって)

そのうちに、社内で異動があり、そのひとは編集部を離れた。見放されたような気分になった。これは会社で決まったことで、ましろには関係がないのだとそのひとはいったけれど、自分が悪かったから、このひとに見捨てられたのだ、とましろは思った。

その頃まだ、ましろの本は売れていた。出版社の中で、他の編集者への引き継ぎがあった。入社したばかりの若い女性編集者はとても優しくて、ましろの原稿を好きだといってくれた。一緒に仕事ができて嬉しいと。

そのひとはそのひとなりに良い本を作ろうとしてくれたのだろうと、いまのましろは思う。でも、その編集者と椎名守とでは、原稿の読み方も仕事の進め方も違っていた。

そのひとは自分より若いましろを思うままにコントロールして、自分の望むようなものを書かせようとした。あらかじめできあがった枠《わく》の中に、押し込むようにしようとした。少なくとも、ましろにはそう思えて、とても苦しかった。

ましろの心の中にあるものを、言葉になっていない叫びをともに掘り出し、文章に結実させようと努めてくれた椎名守と彼女とでは、まるで違っていた。

そして、ましろは混乱し、小説の書き方を見失った。若い編集者は途方に暮れてしまい、何一つましろにアドバイスすることができなかった。

そして、その数年後に起きた、あのスキャンダル事件のとき、彼女にはましろを守り抜くことができなかった。

それがきっかけとなったように、その時期から、ましろの本は売れなくなった。いつか、その出版社とは縁が切れた。

いまではもう、その会社にましろの担当編集者はいない。かつてベストセラーだった数々の本も、品切れ重版《じゅうはん》未定のままだ。椎名が編んでくれた、美しい本のすべてが、もう古書店でないと手に入らない。

彼が担当編集者でなくなった頃から、ましろは椎名守の家に遊びに行かなくなっていた。いちばん辛かった時期も、そのひとに相談してはいけないのだと、足を向けなかった。

それでもそのひとからは、折々の季節の便りが届いていた。

毎年の年賀状には、いつもその家の犬や猫の名前も並べて書かれていた。かわいいものたちの写真で作られた年賀状に、青いインクの万年筆で書き込まれる、「いつでも遊びに来てくださいね。みんな待っています」の一言。

年が経つごとに、名前はひとつまたひとつと減っていった。犬も猫も、ひとのようには長く生きない。何年か前の年賀状からは、もう夫婦の名前しかなかった。でも、青いインクの文字だけは変わらずに、「いつでも遊びに来てくださいね」と綴られていたのだった。

ましろの方は、もう何年も年賀状を出していなかったのに。

今年は書けば良かった、と思った。お礼の言葉なら、いくらでも書けたのだ。気がつくと、そのひとにはいつもかわいがられ、導いて貰うばかりで、きちんとしたお礼の言葉を伝えたことがなかったのだ。

そのひとは、半身を起こして、軽く瞑目《めいもく》していた。イヤフォンをしている。音楽からラジオを聴《き》いているのだろう。クラシックが好きだった。でも口元が笑ったところを見ると、趣味の落語を聞いているのかも知れない。

ずいぶん痩《や》せた、と思った。この間お見舞いに来たのはいつだったろう。あれからそう経たないはずだ。そのときも驚いたけれど、いまはもう別人のようだった。

ましろの本を編んでくれていた頃、このひとがいちばん輝いていたあの時代とは。

ましろの気配に気づいたのか、そのひとは真っ白になった頭を上げ、やあ、というように、片手をあげた。さあさあ、というように、ましろを手招きして呼んだ。

ベッドのそばには、来客用のパイプ椅子《いす》がある。

そしてそのひとは、スケッチブックとサインペンを嬉しそうに枕《まくら》の下から取り出して、掛《か》け布団《ぶとん》の上に広げた。

病気で声帯《せいたい》を取ってしまってから、筆談《ひつだん》で会話するようになった。もともと字が上手なひとだったので、スケッチブックに並ぶ文字もいつも美しかった。先生や看護師さんにも褒められるんですよ、と、得意そうに書いてくれたこともある。

名編集者椎名守は、ましろの担当を離れ、編集者でなくなった数年後、その会社を退職した。自《みずか》らの手で出版社を立ち上げ、話題の本を何冊も上梓《じょうし》した。ようやく会社を軌道《きどう》に乗せたところで、彼は病に倒れた。ほとんどひとりで回していたような出版社だったので、その会社はそれから長く持たなかった。

『元気でしたか？』

スケッチブックに、黒く美しい文字が書き込まれる。サインペンを持つその手は細く、少しだけ震えていた。

おかげさまで、と答えようとして、でもうまくいえなかった。昔からこのひとにはいつも感情を見抜かれてしまう。気をつけないと、と、そっと唇《くちびる》を噛んだ。

『この間、夕刊に載《の》っていたエッセイを読みましたよ。うまかったです』

「ありがとうございます」

『小説の、次の新作はいつですか？』

「……ええと、『市民芸術』の田代さんからご依頼をいただいてます。書けるかどうかは、ちょっとわからないのですけれど、依頼はおうけしました」

音のない声で、彼は笑った。

『田代くんから喜びのメールをいただきましたよ。先に原稿料振り込まれたんでしょう？』

「ご存じだったんですか？」

『以前、相談されたときに、策を授けたのはわたしです。彼、覚えていてくれたみたいで』

くすくすと椎名は笑う。

『どうしてもお嬢さんの原稿が欲しいというので、入れ知恵をしたんですけどね。役に立てたようで、良かったです』

椎名守は、ましろのことを、たまに「お嬢さん」と呼んだ。久しぶりに呼ばれると、胸の奥が懐かしさにうずいた。

お嬢さん、原稿書いてくださいね。

お嬢さん、ゲラがそろそろ出ますよ。

お嬢さん、どうでもいい評価に惑《まど》わされちゃ駄目ですよ。わたしがいいといったら、あの本は名作で、いい本なんです。神に誓って。

あの頃、そんな風に、いつも気にかけられ、声をかけられていたのだ。小さな子どもを見守るように。優しい笑顔で。

『生きなさい』

スケッチブックに、黒々と言葉が書かれた。

『お嬢さん、生きなさい。生きて、この先も素晴らしい作品を書き続けてください。

世界に、美しいものを思う存分残して、そうしてから、天に帰るようにしてください』

思いを見抜かれたかと思って、ましろは震えた。

けれどそれはたぶん、気のせいだったのだろう。椎名はスケッチブックをめくり、こう言葉を続けたのだった。

『ほんとうは、わたしがあなたの本を作りたかった。もう何冊も、命の限り、世界に本を残したかった。でももう、それが難しいようなので、仕方ないから、他の担当編集者たちに、わたしの大切なお嬢さんを託《たく》すことにします。だから、頑張って書いてください』

笑っているのに、目が潤《うる》んでいた。

ひとつ息をつき、そしてまたペンを手に取る。さらさらと言葉を文字にした。

『もっと長く生きたかった。まだまだ本を作りたかった。でもね。ひとの命には長さの限界があると、わかっていますから。そうやってわたし自身、これまで素晴らしい作家や画家、先輩たちを見送ってきましたからね。順送りです』

ああこのひとはもう、家に帰ることはないのだな、と、ましろは思った。

犬猫が眠る、あの庭にも、広い応接間にも、素敵なステレオのそばにも、そして何回か入れて貰った書斎《しょさい》にも、戻ることはないのだな、と。

不思議と涙は出なかった。嗚咽《おえつ》が喉《のど》の奥のあたりで、凍り付いたように、止まっていた。

『もっと本を作りたかったなあ。もっと美しく、素敵な本を。

けれど、限りある編集者としての時間の中で、お嬢さん、君の本を作れてよかった。須賀ましろの本を、何冊も、この世界に残すことができて、ほんとうに良かった。

お嬢さん、わたしは編集者だ。このまま天に帰れば、後の世に名前を残さない。それでいいんだ。でも、お嬢さん。君の名は違う。須賀ましろという名前は永遠になる。

いやもうすでに、そうなったんだ。

この先、もし君が不幸にして作品を残さなくなっても、君の名前は、どこかで誰かの記憶に残る。そうすることで、宇宙に刻まれる。本を出すとは、そういうことなんだ。

いつか君の魂《たましい》がこの世界を離れても、君の名前が、時の中から消えることはない』

震える手を、椎名守はさしのべてきた。

ましろはその手を取った。温かかった。

昔、まだ十代だった頃。西新宿の駅の雑踏《ざっとう》の中で、そばにいたこのひととはぐれそうになったことがあった。

東京のひとは、流れる水か泳ぐ魚のような速さで、駅の中を急いで歩く。わきめもふらずに歩いてゆく。数え切れないほどの数の人間の群れの中で、どこか知らない場所へと、流されていってしまいそうだった。

泣きそうになって辺りを見回したとき、誰かがましろの肩を叩《たた》いて、その手を取ってくれた。見上げると、すぐそばに椎名守がいた。こちらですよ、というように微笑みを浮かべて、手を引いて歩いてくれた。

それからしばらくの間、ふたりは親子のように手をつないで歩いた。

雑踏を抜け、駅の外に出たときに、手はどちらからともなく離れたけれど、でも、そのぬくもりは、それからずっと残っていた。

『新作、良いものを書いてくださいね』

笑顔で、そのひとはさらさらと言葉を書き綴る。

『正直いって、他の編集者に面白い本を出されるかもと思うと、妬《や》けてしまうというのか、腹が立つんですが。けれど、過去にわたしが作った本ほどの名作は、きっとこの先も出ないと思うので、まあ、いいんですよ』

昔通りの、いたずらっぽい表情で笑う。

やがて、少し疲れたのか、スケッチブックをお腹の上に載せたまま、そのひとは枕に寄りかかり、目を閉じた。口元には笑みが、まだ残っていた。

「……また来ます」

ましろは立ち上がった。そのひとの目が薄く開いて、細い手が差し出された。

もう一度、握手を交わした。

強く、そのひとの手をましろは握りしめた。

「ありがとうございました」

深く頭を下げた。

そのひとの唇が動いた。

『こちらこそ』

そう読めた。

そして、力強く、ましろの手を握り返してきてくれた。

枯れ木のように、細い手だった。けれど変わらずに、温かい手だった。

かつてその手は大きく温かく、ましろを導き、明るい世界へと連れて行ってくれたのだ。

このひとのために、ましろは空から降る言葉を聞いた。心の内に溢れる言葉をすくい取り、知らない世界から聞こえる声に耳を澄ませて小説にした。このひとは、その小説を、美しい本にしてくれた。

いまはもう、ましろには、空の言葉は聞こえない。言葉を摑《つか》まえることができない。

けれど、あのときの手のぬくもりは、いまもここにあった。

こちらですよ、と雑踏の中で道を教えてくれた力強い手は、気がつけばずっと、ましろのそばで、さしのべる機会を待っていてくれたのだ。ましろが気づかなかっただけで。

病室を出るとき、そこに佇《たたず》んでいた椎名夫人に呼び止められた。こちらへ、と、来客用のスペースに呼ばれる。

促《うなが》されるままに、ソファに座った。

そのひとはもう泣き止《や》んでいた。赤い目のままだったけれど、優しく笑っていった。

「一度、お話ししようと思っていたことがあったんですよ。ほら、うちのひと、出版社を興《おこ》したことがあったでしょう。運がなくてね、もうなくなっちゃったけど。あれ実はね、自分の好きな美しい本をたくさん作るため、何よりも、ましろさんの本を出すために作った会社だったんですよ。

苦しい立場にあったあなたを、あのひとは守ってあげることができなかった。だけど、会社が軌道に乗って、これからは、まき直すんだ、お嬢さんの本を作る、べストセラーにして、流れた醜聞をすべて押し流してやる。自分がそばにいればそれができる、と話していた頃に、あのひとは病気で倒れたんです」

「……」

「自分の力が及ばなかったことを、いまも折に触れ、残念がってます。だから、あなたはせめて、良い作品を書き続けていてください。綺麗な本ができれば、わたしは……」

そのひとは涙を流して、いった。

「あのひとの墓前にその本を供《そな》えましょう。あなたの——あなたとわたしのお嬢さんが、ほら新刊を出しましたよ、って。

綺麗な本でしょう、悔《くや》しかったら化けてでてあなたもこんな本を作ってみなさいよ、なんていうのもいいな、なんて。あらごめんなさい、あのひと、まだ生きてるんだった」

声を潜《ひそ》めて、そのひとは泣きながら、でも明るい様子で笑った。

「ましろさん。わたしたちは、ずっと、あなたの行く手を見守っています。幸福であるようにと祈っています。頑張ってくださいね」

病院を出たときは、辺りはすっかり夜になっていた。

クリスマスの街は明かりに包まれ、凍るような風の中に踏み出したましろは、途方に暮れて、空を見上げた。

「でもわたしは――死ななきゃいけないのに」

現実離れした高さの建物の群れが、魔法のような明かりを灯して、そびえていた。

光の巨人が立ち並んでいるようだと、十代の頃のましろは思い、そばにいた椎名守に、そういったことがあった。

高層ビルの群れは、ひとが作ったもののようには思えない。美しくて、でも、怖くて、街を歩く人々を無表情に見下ろす巨人のようにも見える。

編集長は笑って、そうですね、といってくれた。

「わたしはこの街で育ち、そのあともずっと暮らしているので、これが懐かしい故郷の景色なんですが、いわれてみれば、たしかに怖くも巨人にも見えますね。――でももし、彼らが巨人だとしても、きっといい巨人ですから、怖がらないでやってください」

お嬢さんが良いものが書けるように、と見守ってくれている、優しい巨人ですよ、と、彼は笑って、そう付け加えた。

「締めきりはちゃんと守るように。なまけてないで書くように。そんな風にいつもお嬢さんを見てるんですからね？」

そんなのやだ、と、あの日のましろは笑った。

あの日見上げた姿と同じに、光の巨人たちはそこにいて、風にざわめく街路樹の枝葉の間から、ましろを見下ろし、見つめてくれていた。

（もしかしたら）

ましろは思った。

あの頃と同じように、懐かしいホテルに泊まれば、また空の言葉が聞こえないだろうか。

もう一度、あの頃のように、小説が書けるように、なれないだろうか。

肩に提《さ》げた大きなバッグの中の、ノートパソコンの重みを、力強く感じた。

あの頃泊まっていたホテルに、迷いこむように入り、フロントに向かった。

吹き抜けの高い天井《てんじょう》には、三つの大きなシャンデリア。光を束ねたように、金色に煌《きら》めきながら、フロアを照らしていた。

床はあの頃と同じ、茶色と白の幾何学模様。

行き交うひとの賑《にぎ》わいも、昔と同じだ。シャンデリアの向こうには、コーヒーハウス。雰囲気と名前はあの頃と変わったようだけれど、でも変わらない場所にあった。あの頃は、よくあの場所で出版社の人々と打ち合わせをした。

違うのは、昔はシャンデリアの下に、グランドピアノが置いてあったということ。ロビー階の奥に、小さな花屋があったということ。いまはもう、ピアノも、いつも花と緑であふれていた美しい空間もない。

どれほど長い間、自分はここに来ていなかったのだろうとましろは途方に暮れた。

このホテルは西新宿では古くからあるシティホテル。鉄道会社の旗艦《きかん》ホテルで、結婚式も挙げられるような格の高いホテルだ。いまのましろの年収で気軽に泊まれるような場所でもなかった。

あの頃はいつもこのホテルに泊まり、このホテルに暮らしているような気持ちになりながら、地下道を抜けてどこまで行けるか冒険してみたり、ホテルの周囲を早朝に散歩したりした。チェックアウトのときは、ベルカウンターに荷物を預けて、いつでも気軽に泊まれるようにもしていた。

(あの荷物、預けたままになってるけど、たぶんもう、残してくれてないんだろうな。お化粧品とか着替えとか、巻きものとか)

ほんとうに、あの頃からどれくらいの時間が経ったのだろう。

ましろは少しだけ、身を縮めた。ホテルにいる他の客たちよりもみすぼらしい姿である自分に、今更のように気づいて。足はフロントに向かっていたけれど、ここに泊まってもいいのかどうか、ふと迷った。

気づかないうちに、ベルカウンターのそばを通り過ぎたとき、声がかかった。

「お帰りなさいませ、須賀様」

かすかに記憶に残っている、ベルボーイだった。その場にいる他のスタッフからすると、やや年長に見える。あの頃は少年のようだったのに。

ましろの荷物をそっと受け取り、フロントの方へと招きながら、

「チェックインでよろしいのですよね。お久しぶりですね。お元気でいらっしゃいましたでしょうか？」

「あの」一緒に歩きながら、思わず、ましろは訊《き》いていた。「わたしのこと、覚えてたんですか？」

「当たり前ですよ」こともなげに、ベルボーイは答える。「須賀様は、当ホテルのことを、東京での家のようだとあの頃おっしゃってましたよね？　ここがもし須賀様の家ならば、わたしどもは、須賀様のことを忘れたりなどいたしません」

気がつくと、ベルデスクにいる他のベルボーイやベルガールたちも、コンシェルジュデスクの襟《えり》に金の鍵《かぎ》を飾った人々も、懐かしげな笑顔で、ましろを見つめてい

た。

「お帰りなさいませ」

「お帰りなさいませ」

優しい声が、さざ波のように響いた。

いつのまにか、ましろは胸を張って歩いていた。フロントのカウンターの前に着いたときには、昔のままのような笑顔でそこにたつことができた。

フロントのひとは笑顔で深く頭を下げた。

「お帰りなさいませ、須賀様」

あのベルボーイが、部屋まで荷物を運んでくれた。かつてましろが預けていた荷物はちゃんとあって、その荷物も、一緒に彼が台車で運んでくれた。エレベーターに乗ると、ガラスの箱の向こうに、あのロビーのシャンデリアが美しく見え、やがてクリスマスの街が、見えてきた。鳥か天使が見下ろすような高さで、西新宿の街が、ふわりと下に沈んで行く。

「須賀様の次の新作は、いつ頃になりそうですか？」

朗《ほが》らかな声が訊いてきた。

「いつも、新聞に広告や書評が出るたびに、誰かが気づいて切り取って、みんなで見るんですよ。いまのところ完璧《かんぺき》に発見できてると思うんですが、万が一にでも気づき損《そこ》ねたら困りますからね」

不意に涙がこみ上げてきて、ましろは手で目元を覆《おお》った。何も答えずに、ただうなずいた。

ましろはこのホテルのことを忘れていたのだ。思い出すこともなかったのだ。今日まで。

ましろが部屋に入り、机にノートパソコンを広げていると、メイドの姿をした客室係が、部屋の扉をノックした。

「加湿器を持って参りました」

深くお辞儀《じぎ》したそのひとは、当然のように部屋に加湿器を置き、またお辞儀をして去って行った。

ましろが部屋に加湿器を置いて貰っていたということ。そんなささやかなことすらも、ホテルの人々は記録して、覚えていてくれたのだった。

ましろはあの頃のように、慣れた仕草で椅子に腰を下ろした。

振り返ればカーテンを開けたままの窓の外には、華やかな西新宿の街明かり。その上には高い空。

見上げたとき、一瞬、耳の底に、何か言葉の欠片《かけら》のようなものが響いたのを、ましろは感じた。それは久しぶりの、ほんとうに久しぶりの、小説の魂が訪れそうな予感だった。

パソコンのキーボードで、思いつく言葉を書き綴りながら、ましろは思い出していた。

スキャンダルに追われていた頃、取材記者たちにつきまとわれて、とっさにこのホテルのロビーに逃げ込んだことがあった。そのとき、ホテルの人々がわっとその場に駆けつけ、みんなで守ってくれたことがあった。

ましろは支配人室に匿《かくま》われ、騒ぎが収まるまで、ここを出なくていいと言葉をかけられた。ましろよりももっと有名な作家も泊まるホテル、セレブもたくさんロビーを行き交うような、そんなホテルだったのに。このホテルは、ましろの危機を見逃さなかった。醜聞に巻き込まれていたましろを、それまでと同じ視線で、温かく見守ってくれた。

あの時代、ひとりきりこのホテルに泊まる時間が、ましろにとって、ひとときの安らぎだった。とてもこの場所が好きで、いつか一流の作家になったら、このホテルの部屋を借りて、ずっとここで暮らしたい、とホテルの人々に話したこともあった。

その日をお待ちしていますよ、とホテルの人々は嬉しそうに笑った。

（覚えていてくれたんだなあ）

キーボードを叩きながら、ましろは微笑む。

自分はひとりだと思っていたけれど、ひとりで茜音を守り、戦ってきたように思っていたけれど、ましろはいつも、孤独ではなかったのかも知れない。

振り返れば、西新宿の光の巨人が、ましろのことを変わらずに、見守っていてくれたのだ。

変わらずに。

ずっと同じ優しい眼差しで。

やがて、窓の外は明るくなった。広い空はいっぱいの光を孕《はら》み、まだ眠る街を金銀の光で包む。

夜明けの青い空が、金と銀の輝きを宿しながら、街の上に広がっていった。

窓から静かに光が射《さ》し込んできた。

寝ないまま夜を過ごしたましろは、光を浴びて、空を見上げた。

懐かしい角度で見上げる空を。

あの頃、何度もこの椅子から空を見た。

そうだ。

ましろは、そっと両耳を押さえた。

ふるふると、言葉が空から降ってくる。押さえていないと、こぼれだしてしまいそうだ。

「大丈夫。わたしは書ける」

まだ病み上がりのように、おぼつかないところはあるけれど、でも、少しずつ、やり方を思い出せそうな気がした。

「大丈夫」

わたしはひとりじゃない。

空は宇宙に繫がっている。

言葉は宇宙から降ってくる。

そして、宇宙には、ましろの名前が刻まれている。大好きな編集者たちが、その仕事をしてきてくれたのだ。そしてこれからも、ましろの名前は刻み続けられる。

焦《あせ》らなくてもいいのだ。

ひとりではないのだから。

降りそそぐ日差しは温かく、頭や手に触れるそのぬくもりは、昔ましろの手を引いてくれた、編集長のあの手の温かさと同じだった。

ましろは、ホテルの封筒と便箋《びんせん》を使って、田代修平に手紙を書いた。現金封筒も用意した。事情をしたため、茜音のことを頼むと書いて、そして付け加えた。

『何か書けそうな気がします。なので、ごめんなさい、少しだけ〆切《しめきり》りを延ばしてください。よろしくね』

勝手にいいきった文面の手紙。

それを読んだ修平は笑い、「仕方ないなあ、もう」と口をとがらせ、そしてきっと、笑顔で許してくれるだろう。

長い付き合いなのだ。そんなことはわかっている。

「代わりにいいものを書けばいいわよね？」

くすくすとましろは笑う。

そんな風に笑ったのは、久しぶりのことだった。

茜音に何か伝言を、と思った。考えて考えて、でもうまく言葉がまとまらなかった。だから一言、「きっと帰る」と伝えて欲しいとそれだけ手紙に書きそえた。たったの五文字の言葉だけれど世界でいちばん伝えたい言葉だった。

手紙をコンシェルジュデスクに預け、そして、チェックアウトした。

「さて」

ロビーに立ち、ガラスのドアごしの冬の澄んだ空を見上げるうちに、そうだ、沖《おき》縄《なわ》に行こう、と思った。

直感だった。そこに、物語の種がある。

すぐに行こう。行けば書ける。

死ぬためにではなく、生きるために、空を渡り、旅をしていこう。

羽田《はねだ》行きのリムジンバスのチケットを買った。ホテルの正面玄関前のバス乗り場まで、あのベルボーイが荷物を持ってきてくれた。

そういえば、自分が沖縄を何となく好きなのは、昔、このベルボーイに沖縄の話を聞いたからだった、と思い出す。当時、彼は話してくれた。自分は旅が好きなのだけれど、沖縄の海と空、薄味の品の良い食事の味が忘れられない、と。

あの頃、このひとはホテルの専門学校に通いながら、実習でここで働いていた。ホテルマンに憧れてここにこうしているものの、この仕事は自分には合わないかも知れない、もう辞《や》めるかも、とこぼしていた。

そのあとも、ましろが泊まりに来るごとに、自分は次にはもういません、いまに辞めます、と繰り返していた。

でも彼は、辞めずにここにいたのだ。

バスを待ちながら、その頃の話をした。覚えていてくださったんですね、と彼は笑い、そして澄ました表情でこういった。

「須賀様に、『まだ辞めずにここにおりました』の一言をいいたくて、いままでずっとお待ちしていたんです。でももういえたので、今度こそ、辞めちゃうかも知れません」

ましろと彼は、声を立てて笑った。

「次はいつ頃のお帰りになりますか？」

「ええ、なるべく早いうちに」

茜音に心で誓った。なるべく早く帰るからね。きっとすぐに、帰るからね。

良い作品を書き上げて、そのための言葉を摑まえて、そして、このホテルに、西新宿に、また帰ってくる。

きゅっと唇を嚙んだ。

椎名守の命があるうちに、感想を聞けるうちに、きっと新しい原稿を書き上げるのだ。

バスはゆっくりと羽田に向かう。

ベルボーイの彼は、バスに深々と頭を下げて、ましろを見送ってくれる。

ましろは彼に手を振り、そして、誓った。

みんなのそばにいるために、自分はきっと、ここに帰ってくる。

帰ってくるために、旅立つのだ。

生きて行くために。

リムジンバスは走る。クリスマスの街を抜け、はるかな空へと舞い上がるための翼が並ぶ地へと向かって。

番外編
その2

冬の魔法

風早《かざはや》の街の駅前にほど近い、その古い百貨店の前には、小さな噴水がある。

夜になると、月の光のような青い明かりに照らされて美しい。

特にクリスマス前のいまの時期には、百貨店そのものも華やかな照明に飾られるので、噴水の水も、キャンディのように色とりどりの光を放ち、楽しげに見えるのだった。

といっても、水しぶきが踊るように見える、そんな時間も、百貨店の営業時間のうちのこと。蛍の光が流れて、お客様が帰って行けば、百貨店は、クリスマスを祝うための灯《あか》りの一部と、華やかに光を放つショーウインドウなどを残して、目を閉じるようにあちこちの明かりを落とす。

その頃には、人通りもまばらになっていることもあり、時の流れに忘れられたような、そんな静けさが、波が満ちるように、辺りに満ちるのだ。

そうなると不思議なもので、さっきまで楽しげに見えたネオンサインのサンタやトナカイが、どこか寂しげに見えたりする。

噴水のそばに、古いベンチがある。

街灯の明かりに照らされてはいるものの、街路樹の木陰のような位置にもあるせいか、薄暗い場所ではある。

　そこに、一条翔馬《いちじようしようま》は、ポケットに手を突っ込んで、ひとりきり、座り込んでいた。四年生になった彼は、この一年でずいぶん背が伸びたけれど、あどけない表情は変わらない。

　ただ、いつもは口元に穏やかな笑みを浮かべている少年なのに、今日は笑みはなく、目を伏せていた。ふだんの彼を知るひとが見れば、心配したに違いなかった。

　人通りのない場所で、誰にも話しかけられず、闇に溶け込んだようにしていられるこのベンチは、翔馬にはとても居心地が良かった。冬の夜風に吹き付けられて、たまに唇が震えることがあるとしても――。

　百貨店の正面玄関前の噴水、といえば、この時間になっても人通りがありそうなものだけれど、ここは正直、そうではない。昔、昭和の時代には、駅のそばのこの辺りは、街の一等地、百貨店を中心にひとを集める大きな商店街の店々が灯《とも》りを灯していた。夜には飲食店や映画館、遊技場がにぎわい、一日中ひとが行き交っていたらしい、と母から聞いたことがあるけれど、いまではすっかり寂れてしまった。――というか、まだ子どもの翔馬は、いまの静かな状態しか知らない。

　噴水を管理している、この古く小さな百貨店が、この街に在るもうひとつの大きな百貨店に比べると、どうにも見劣りがするらしく、そのせいもあって、商店街には古《いにしえ》の華やかさはないという。

といっても、その話を聞かせてくれた母も、そして翔馬も、こちらの百貨店を贔屓《ひい き》にしている。都内在住の親子が、この街で買い物に来るのは昔からこちらの百貨店だ。都内にもきらきらとした百貨店はいくつもあるのに、電車に乗って、たまに来る店だった。

翔馬はテレビドラマの仕事も多い、売れっ子の子役なので、さほど混むことのない店内で、落ち着いた接客をしてくれる老舗《しにせ》の店であり、お客様にも年配で穏やかなひとが多い、こちらの店がありがたい、という事情もある。

母が若い頃に、たまたま取材で出かけて、それ以来贔屓《ひいき》にしている百貨店だ。たまにふらりと電車に乗って出かけるのは、親子にとって、いい気分転換、お出かけでもあった。

何しろ、屋上に遊園地があったり、上の方の階に素敵なファミレスがあるようなお店、そうそうあるものでもない。

「なのに、なんでいつもお客さんが少ないんだろうねえ」

親子で何回もそんな話をしたものだ。

翔馬はものを想像するのが得意だから、たまに目を閉じて想像してみることもある。

(この百貨店がにぎわっていた頃って、どんな感じだったのかなあ)

ちょっとだけ想像するのが難しい。そういうと、母の絵馬《えま》が、

「クリスマスの頃のこのお店や商店街の感じが、ちょっと当時に近いのかもね。その頃ってほら、お客さんたくさん、この辺に来るじゃない?」

老舗の店の本店が多い商店街のこと、ふだんは客足が遠ざかっていても、クリスマスの贈り物や年越しの買い物のために、と、街の人々が戻ってくるのだそうだ。

そうやってにぎわう小さな百貨店と、古い商店街の様子を見ると、自分がそれらの店に直接関係があるわけでもないのに、妙に嬉しくなる翔馬だった。

ずっとのちに、成長後の翔馬が思ったことだけれど、母とふたりきり、東京の真ん中のタワーマンションに暮らしていた翔馬にとって、その百貨店と商店街は小さい頃から何度も訪れた、故郷のようなもので、愛着があったのかも知れない。当時、母はいつ、重い病が再発するかわからないような状態で、今度こそ別れてしまうことになるかも知れないという恐れを抱えながらの日常の中で、密度の濃い、幸せで、大切な時間を過ごした場所だったからかも、と。

その店のことを思うと、母の笑顔を思い出す、そんな場所だったのだ。

さて、クリスマス前のその日はとても寒い夜で、噴水のそばのベンチでうなだれていると、鼻水が垂れた。たまにハンカチで押さえながら、自分の足下を見つめていた。いつもは心地よく癒される水音が、今日は背筋に寒い。凍るように響く。暗い石畳に、時折、噴水の水が反射させる光が映る。見るとも無しにそれを見ていた。

最近、気が塞《ふさ》いでいた。特に今日はどうも気が沈んで、家で本を読んでいても、どうにも没頭できず、新しい本を買おうかと街に出てきた。けれど面白そうな本にも出会えず、にぎわう街をさまようちに、何だかからだも心も重くなって、とても疲れてしまって。

気がついたら、電車に乗って、懐かしい百貨店の前に来ていたのだ。

その頃にはもう日が落ちていて。お店を彩る灯《いろど》りは、それはそれは美しく。見とれているうちに、足が棒になっているのに気づいた。つい、噴水のそばのベンチに座り込んだら、立ち上がれなくなってしまったのだ。

いつのまにか、もう子どもの自分がひとりで歩くには、ちょっと遅い時間だ。

母の絵馬は漫画雑誌の編集者、今夜も仕事で帰りが遅いだろうとは思うけれど——こんな夜に限って、早く帰ってきたりしたら、翔馬が家にいないことを心配するだろう。

スニーカーの足の裏は、痛いくらいに冷たいし、早く家に帰った方がいいんだろう、と、自分でもわかっていた。

頭の中の冷静な部分が、いつまでもこんなところにいないで、早く東京に、新宿にある我が家に帰ろうよ、という。

『ここすごく寒いしさ、風邪引いたら撮影に差し支《つか》えるじゃん。監督や事務所のひとたちからきっと叱られるし、それよりも、ほかの役者さんたちに迷惑かけることになるから、だめだよ。今の仕事、すごく気に入ってるんだろう？　人気もあるしさ、大事にしなきゃ』

そうだ。日曜日朝の特撮ドラマ、『星光戦士エクスリオン・セカンド』の撮影に差し支える。明日から撮影なのに。

翔馬は去年、『エクスリオン』の最初のシリーズにゲストキャラの宇宙人の少年として出演した。話題と人気を集めたことから、再度の登場のあと、第二シリーズのメインキャラクターのひとりに昇格していた。

獅子座流星群から飛来した、正義の宇宙人たちと一緒に、地球人のふりをして街の喫茶店で暮らしている宇宙人の子ども、という設定だ。地球人としての設定は、主人公格の青年（若手の人気俳優だ）を慕《した》って田舎から出てきた弟、というもので、ふだんは普通の小学生なのだけれど、悪の宇宙人が登場すると、無敵の力を持つ宇宙戦士に変身して、ヒーローたちとともに地球を守るのだ。宇宙戦士になるときは、少しだけ成長して、おとなの姿になれるのが気に入っていた。

いやそもそも、日曜日朝のそのドラマを、一条翔馬は大好きだったのだ。わくわくして、夢中になってみていたのだ。

ゲストキャラとして出演できると決まったとき、どんなに嬉しかったことか。オーディションに勝ち抜けたと知ったときの喜びをいまも翔馬は忘れない。

そして、撮影に入ってみれば、監督も現場にいるいろんな仕事のひとびとも、もちろん俳優たちだって、尊敬できるプロフェッショナルの集まりで、翔馬のことを子どもだからと甘く見ることも舐めることもなく、対等に接してくれて。一方で、小さな弟のように、かわいがって接してもくれて。

年齢の割りに業界歴の長い翔馬にとって、いままで一、二を争うような、最高の現場だった。

何回、「ああ、このお仕事大好き」、という言葉が胸に浮かんだことだろう。この仕事を頑張りたい、何度もそう思ったものだ。

なのに――。

急に、その思いが冷めてしまった。誰が悪いわけでもない、たぶんそんな理由で。

今週のぶんの、最新話、第十六話の『星光戦士エクスリオン・セカンド』のオンエアを見たときからだ。その回の撮影の時から、違和感はあった。けれど、オンエアがとどめを刺した。

第十六話「クリスマスの伝説」は、翔馬――宇宙人ハヤトが主人公の、クリスマスの街を舞台にした、番外編的なお話で、サンタクロースまで出てくる、素敵なお話だったのだけれど。冬休みの子どもたちのための、特別なプレゼントのような、最高に面白い話だったのだ。人気キャラのハヤトは大活躍だった。

撮影に入る前にこの話のシナリオを手渡され、読んだときは、胸がどきどきしたものだ。これは絶対に凄い話になる。このお話の中に入れるなんて、なんて最高なんだろう、と。

なのに。なのに。

いまの翔馬は、あんなに大好きだった現場に戻る気持ちになれなくなっている。変身して宇宙戦士になる、あんなにときめいていた芝居もする気がなくなっていて。

もっというと、自分の仕事に意味があるのかどうか、それすらもわからなくなっていた。

（ここでこんな風に、意味もなく座っているのは、馬鹿みたいなことだ）

（そもそも、時間の浪費だよね）

そんなこと、わかっているけれど。

けれど、このまま石になりたいくらいに、動くことが面倒だった。

胸の奥から、深いため息が漏れた。

ハヤト少年は、両親と死に別れた宇宙人の子どもだという設定になっていた。彼ら、獅子座流星群からやってきた宇宙人たちとともに悪い宇宙人と戦う地球防衛隊という秘密の組織があって、その隊長はかっこいい女性。どことなく翔馬の母、絵馬に似た、バリバリのキャリアウーマンだ。ふだんはフリーのジャーナリストだという設定も、どこか絵馬の仕事に通じるものがあった。

そして、偶然なのだけれど、ハヤト少年もまた、亡くした母親の面影《おもかげ》を、隊長に重ねている、という設定だったのだ。

ハヤト少年は、明るく元気だけれど、時折、寂しげな表情を見せることがある。

そんな様子を、隊長は放っておけず、何かと世話を焼く。隊長もまた、かつて夫と幼い子どもを事故で亡くしたという過去があって——。

クリスマスイブの日、隊長は寂しい同士、デートをしよう、と、ハヤト少年に声をかけ、ふたりはその日、一緒に街に買い物に行く約束をする。

自分は宇宙人の子どもだから、サンタさんは贈り物をくれないんですよね、と悲しく笑うハヤト少年に、隊長は自分がサンタさんになってあげる、何でも欲しいものを買ってあげるわよ、といってくれるのだ。

ところがその日、にぎわう街に、死神のような姿の悪い宇宙人が襲来する。ハヤトは街の人々と隊長を守るために、正義の宇宙人に変身しようとする。

悪い宇宙人は、その名をノロイマンという、魔法の杖で死の呪いをかける、伝説の強力な宇宙人だった。その呪いの力が、ハヤト少年を襲おうとした時、隊長が彼をかばって、その身に呪いを受けてしまう。

正義の宇宙人の姿に変身したハヤト少年の攻撃によって、ノロイマンは傷を負い、空のどこかへと飛び去るけれど、隊長もまた死の呪いのせいで二十四時間の命になってしまう。隊長を救うには、誰かがノロイマンが住む、時空の果ての城に赴《おもむ》き、倒すしかない。

しかし、時空の彼方にある、雪と氷に覆《おお》われたその城までの道は遠く険《けわ》しく、誰もたどり着けないし、ノロイマンは伝説の不死の宇宙人で傷を負わせることはできても、倒すことはできないという。

隊長は死の床《とこ》でなかば眠りにつきながら、ハヤト少年に、ありがとう、と微笑んでささやく。わずかな間でも、久しぶりに子どもとクリスマスの街を歩けて楽しかった、と。最後に幸せな記憶を抱いて天国に行けるならいいのだ、と。

「またお母さんと死に別れるのは嫌だ」

クリスマスの夜、ひとり旅立とうとするハヤト少年に手を貸したのは、空飛ぶ橇《そり》で舞い降りてきたサンタクロースだった。

サンタはトナカイの曳《ひ》く橇にハヤト少年を乗せて、時空の果ての城を目指す。

『子どもたちにプレゼントを配る仕事に遅刻するから、光速で連れていってあげよう』

そういって笑うサンタクロースに、ハヤト少年は訊ねる。

「どうしてぼくの力になってくれるの？」

『サンタクロースはいつだって、子どもたちの味方だからさ。その子がどの星で生まれてもね』

サンタクロースは、ノロイマンを打ち倒すための伝説の剣をハヤト少年にプレゼントしてくれる。炎でできたその剣は、ノロイマンを打ち倒したあと、消滅する。同時に、ノロイマンの雪と氷で覆《おお》われた城も崩壊する。

サンタクロースは、空飛ぶ橇でハヤト少年を無事に地球の空へと送り届ける。
空の上から、隊長が助かったことを確認した彼は、サンタクロースを手伝って、世界中の子どもたちにプレゼントを配るのだった。

「――良い話なんだよ。良いお話だったたんだ。
でも……」

撮影の間、どうしても、自分の母絵馬を、隊長に重ね合わせて見てしまっていた。完全に感情移入できること、物語の世界の中の人となり、生きることができるのが、一条翔馬という子役の得意なことではあったのだけれど、それが祟《たた》ったのかも知れない。

翔馬に引きずられるように、リアルな演技をした隊長役の女優に抱きよせられ、死を予感した彼女からありがとうと微笑まれたとき、絵馬がそこにいるような気がして、心底悲しく、恐ろしかった。

もし死をもたらすものが時空の彼方にいて、それを打ち倒せば母が救われるというのなら、自分は命がけで倒しに行くだろう、と、翔馬は本心から思っていた。けれど――。

お話の世界、ドラマの世界の中のハヤト少年は、突如《とつじょ》現れたサンタクロースの力を借り、プレゼントを貰って、望みを叶《かな》えるのだ。

（サンタクロースなんて、ほんとうにはいないのにな）

小さい頃には、信じていたと思う。

でも大きくなるうちに、そう小学校に入学したくらいから、ほんとうには存在しないらしい、と自然と知った。母の絵馬はそれが寂しかったらしく、

「おとなになっちゃったのねえ」

とため息交じりにいって、その年からは、クリスマスは外食にゆき、欲しいものを買ってもらうイベントになったのだけれど。

それはそれで楽しい日だけれど、寂しくはあった。——覚めたくない夢から覚めてしまった、というような、そんな寂しさがあった。

（ほんとうにはいないにしても、いるかもしれないって信じていたかったなあ）

サンタクロースも。それから魔法や奇跡も。

よい子にしていて、一生懸命生きて、心の底から願ったら、願い事が叶う——そんなことがこの世にはあると信じていたかった。

（でも、現実にはサンタさんはいないし、魔法はないし、奇跡も起きないんだ）

ドラマの中のハヤト少年のように、空飛ぶ橇が舞い降りてくることはないし、サンタからプレゼントされた魔法の剣で死神のような宇宙人を打ち倒して、ママ

が――隊長が救われる、なんてことはあり得ないのだ。

(うすうすわかってはいたんだけどさ)

でも、この間のオンエアで、思い知らされたような気がしていた。

テレビの画面の中で、正義の宇宙人に変身するハヤト少年は、ほんとうには変身なんてしない。変身のポーズをとったあとは、他の役者さんにバトンタッチするだけだ。

サンタクロースだって、テレビの中では、空飛ぶ橇で舞い降りてきたけれど、ほんとうにはあとでCGを合成するだけ。翔馬と会話し、サンタクロースになりきって笑ったのは、サンタクロースの衣装を身にまとった、優しい役者さんでしかない。

魔法の剣だって、ほんとうには存在しない。そもそも宇宙人のハヤト少年だって、ほんとうには、この世界には存在しない、作り物でしかない。

(そんなこと、わかってたのになあ)

重たいため息をついた。

一条翔馬は、どんな役を演じることもできる。あるときは戦国時代の名将の、その子ども時代を。あるときはお洒落なホームドラマの、賢く幸せな子どもを。逆に貧しい家庭の、飢えた家族のために盗みをする子どもを。

──そしてあるときは、地球の平和と大好きな人達を守るために、変身して無敵の宇宙人になる少年を。

「大好きな仕事だったけど──」

なんだか幻のような、儚《はかな》い仕事でもあるんだなあ、と思った。

「ぼくがどんなに一生懸命、スーパーヒーローになって、世界を救っても、ほんとうにはこの世界は救えないし、誰かを幸せにすることもできないんだ。たったひとりのひとだって、救うことができやしないんだ……」

そう呟《つぶや》いたとき、何の前触れもなく、涙がぽろりと頬を伝った。

「──どうしたの？」

噴水の水音と夜風が吹きすぎる音に紛れて、透き通るような声が響いた。

百貨店の照明の、動くサンタやトナカイの橇の光を背後に受けるようにして、すっきりと背の高い、金色の長い髪の女の子が翔馬を見つめている。

ゆるく癖のある髪が、まるで翼がはばたくように、夜風をはらんで、ふわりと舞い上がる。青い瞳に、噴水の煌《きら》めきが映り、まるで絵から抜け出してきたように、現実離れして美しく見えた。

というよりも──。

「て、天使――？」

思わず、呟いてしまった。

一瞬、ほんの一瞬のことだけれど、天使がそこに舞い降りてきたように見えたのだ。

（いや、まさか）

すぐに打ち消したけれど。

だって、そんなもの、この世界にいるはずがない。サンタだって魔法だって存在しないということを、翔馬は知っている。

ただ、とても疲れていたのと、たぶん心の奥底で、魔法とか奇跡とか、そんなことがあればいいのにな、と祈りたかった思いが、そんな甘い言葉になって飛び出したのだろう。

その子は、翔馬のひとことが聞こえたのだろう。ふっと吹き出すように笑った。

「違うよう」

よくよく見ると、その子はコート姿のその腕に、新聞紙にくるんだ立派な長ネギを数本抱いていた。天使は普通、長ネギを抱いて街角に立ったりしないだろう。翔馬は納得してうなずき、それから頬を染めた。

小学四年生の男子が口にして良い言葉ではなかった。

その子は翔馬よりも少しだけお姉さんに見えた。

翔馬の家には、母の仕事の関係で、十代のファッションモデルのお姉さんたちもたまに出入りする。その中には金色の髪の子も、褐色《かっしょく》の肌の子もいるので、大体の年齢の推測はついた。

ただ——夜のせいなのか、クリスマスの百貨店を背景にしているというシチュエーションのせいなのか、その子は翔馬の知っているどんなモデルよりも、素敵に見えた。もっというと神秘的な女の子に見えたのだ。何か、そう、不思議な力でも持っていそうに。たとえその腕に長ネギを抱いていても。

だから、天使に見えたのかも知れない。

女の子はしょうがないなあ、というように笑うと、翔馬に何か話しかけようとして、

「あっ、あなたハヤト少年？　ねえ、子役の一条翔馬くんだよね」

ぱあっと表情が華やいだ。

「はい」

いつもはこんな風に訊かれても、さりげなく流したり、違います、と答えるようにしている。子役のうちはそうしなさいと、タレント事務所のひとにいわれている

からだ。

でも、つい、素直にうなずいてしまった。

女の子は、きらきらした目で、早口に、言葉を続ける。

「毎週、楽しみにしてるの。こないだの日曜の、サンタクロースが出てくるお話、すごく良かった。サンタさんってやっぱり、子どもの味方なのね。でも、途中まで、手に汗握っちゃったし、最後は感動して、泣いちゃった。良かったね、隊長が助かって」

言葉が喉に貼りついたように、うまく出てこなかった。目をそらそうとすると、

「ありがとう」

女の子が、笑顔でそういった。

「別に、お礼をいわれるような、ことなんて」

やっと言葉を絞り出した。

「ぼくはただ、お仕事で、演じているだけですから」

ほんとうは、ありがとうございます、といわなければいけないのだろう。応援してくれていて嬉しいです、これからも頑張ります、と。

でも、頭の中がぐちゃぐちゃになって、うまく言葉にならなかった。

静かに、優しい声で、女の子がいった。

「でも、ハヤト少年を演じているのは、あなただよ。ほかの誰でもない、一条翔馬が演じているから、ハヤト少年は強くて素敵でかっこいいんだと思う。いつもすごいなって思ってたんだよ。へへ、伝えられて良かった」

優しい白い手が、翔馬の涙で濡れた手にふれ、引き上げるようにした。

「ね、翔馬くん。子どもはこんなに寒い夜に、ひとりぼっちで噴水のそばなんかにいちゃだめだよ。もう夜だもの。おうちにお帰り」

翔馬はゆるく首を振った。

少しだけ甘えるような、意地悪をいうような気持ちで、女の子に訊ねた。

「そういうお姉さんは、うちに帰らなくて良いの？　お姉さんだって子どもじゃない？」

「内緒の話だけど、わたし、ほんとうは天使だから、いいのよ」

人差し指を立ててそういって、笑う。

「なーんて、冗談だけど。信じた？」

「まさか」

ほんとうは一瞬だけ、信じた。

「わたしは近所に住んでるから良いのよ」

女の子は、そちらに住んでいる、という意味なのか、丘の方を顎《あご》で指した。

「お買い物頼まれて、街に降りてきたんだけど、ついね、足を伸ばして、百貨店のネオンサイン見に来ちゃったの。毎年、ここのクリスマスの明かりを見るのが楽しみで。灯っている間は、何回でも見に来ちゃうの。今夜はおまけにハヤト少年にまで会えたんだもの。ラッキーだったわ。クリスマスの奇跡かしら。でももう寒いから帰るわよ。さすがにその、うちのひとたちが心配するかもだから」

そしてふと、

「ちょっと待っててね」

女の子は身を翻《ひるがえ》して、どこかに駆けて行き、すぐに帰ってきた。コートのポケットから、熱そうに、自動販売機で買ってきたらしい飲み物をとりだして、訊いた。

「ココアと紅茶、どっちがいい？」

「あ、じゃあココアを」

火傷《やけど》しそうに熱く感じる飲み物を手渡しながら、女の子はベンチの隣に腰をおろした。

「いつも日曜日の朝に、素敵な時間をプレゼントして貰ってることへの、ちょっとしたお礼ね。これ、飲み終わったら、帰ろうね」

「……」

翔馬はうなだれた。

「帰りたくない」

「――どうして？」

問いただすようではなく、ただ静かに、水が流れるような声で、その子は訊ねた。

その声の響きのせいだったのか、それとも、熱く甘いココアに元気づけられたのか――あるいはとても疲れていて、ほんとうは誰かに思いを聞いてほしかったからなのか。

翔馬はその子に、問われるままに、思っていることを話してしまった。

途切れ途切れに、少しずつ。

なるべくわかりやすく話したつもりだけど、通りすがりのお姉さんに、自分の話なんかしてわかるのかな、面白いのかな、なんて自分でも滅入《めい》りながら、言葉にした。

そもそも翔馬自身だって、自分が何でここまで落ち込んでいるのか、よくはわかっていない。

「えっとだから、たぶんぼくは――サンタクロースがほんとうにはいないってことが悲しかったんだと思います。いや、違うのかな」

百貨店のクリスマスのネオンサインを見ながら、翔馬は呟いた。少しずつ冷めてゆく、手の中のココアのぬくもりを感じながら。

「自分がやっていることに意味があるのかな、って思っちゃったのかも知れません。――もっというと、ぼくなんかが生きていることに意味があるのかな、って……」

なんとなく、叱られるかな、と思った。叱られたかったのかも知れなかった。

でも、女の子は何もいわずに、缶紅茶を飲み干すと、意外な言葉を口にした。

「わたし、小さい頃ね、外国に住んでいたの。中東の、あまり豊かじゃない、砂漠の国。そのときね、日本のテレビアニメに憧れてたの。『魔女っ子ルルちゃん』って知ってる？　何年も昔のアニメらしいんだけど」

「知ってます。ぼく大好きです」

ずっと昔に放映されていた、子ども向けの連続アニメだった。魔法の国からやってきた、綿菓子みたいなピンク色の髪の女の子が、おともの翼持つ猫と一緒に、みんなを幸せにしようと頑張る話だ。笑いあり涙あり、シリアスなお話ありの魔女の子の物語は、たぶん昔から良くあるパターンの子ども向けのアニメなのだけれど、翔馬親子は大好きで、特に絵馬は、タオルを抱えて泣いたりしていた。

「悔しいくらいシナリオが良いのよね。あとこのシーンの演出が……」

なんて翔馬に解説しながら。

「お、仲間ね。嬉しいなあ」

女の子はにっこりと笑った。

「向こうの国でお友達になった、日本人のお姉さんが、わたしや他の子どもたちに、ときどきルルちゃんの話をしてくれたの。その国のその街では、よく停電になって、テレビなんて見られなかったから、そのひとがかわりに、自分が子どもの頃に見た、魔法少女のルルちゃんのお話を思い出しながら、話してくれたのね。わたしたち、夢中になったわ。いつかきっと、日本に行って、ルルちゃんのアニメを見るんだって話したものよ」

翔馬は少しだけ、考え込んだ。

テレビがなくても、インターネットが使えれば、日本のアニメは見られるかも知れない。でも、よく停電になったというのなら、その街ではインターネットどころじゃなかったのだろう。中東、ということは、ひょっとしたら、戦争や内乱が続いていたのかも。

「ある日、お姉さんが他のみんなには内緒ね、っていって、そのひとの宝物だった、ルルちゃんのハンカチをくれたの。その頃わたし、お母さんを病気で亡くして、毎日泣いていたから、励ましてあげようって思ってくれたんだと思う。ハンカチの絵のルルちゃんは、想像したとおりの、すっごくかわいい女の子だった。かわいくて、優しくて、元気で、明るい笑顔で、みんなを幸せにする魔法を使おうとして、魔法のバトンを手にしてる、そんな姿でハンカチの中にいたの。おともの翼ある猫だって、得意そうな顔をして、ルルちゃんのそばで、はばたいているのよ。

それからそのハンカチは、ずっとわたしの宝物なの。いまは日本のこの街に住んでいて、悲しいことは何もないけれど、大きくなったけど、ずっとルルちゃんはわたしのお友達」

女の子は目を閉じ、とても大切な呪文を唱えるひとのような表情で、言葉を続けた。

「もしどんなに辛いことや、死にたいな、って思うようなことがあっても、ルルちゃんの笑顔がそばにあるだけで、大丈夫なの。

ルルちゃんは、たくさんのひとが作った、昔のアニメだけど、ほんとうには存在してないけど、わたしには本物の魔法少女だったの」

そしてその子は、懐かしそうに笑った。

「日本に来てからね、ルルちゃんのアニメを見たの。故郷の町で、お姉さんに聞いたお話は、ときどき少し違ってたり、ふたつのお話が一緒になったりしてた。でもね、お話の中のルルちゃんも、アニメのルルちゃんも、どっちも本物で、わたしの大好きなルルちゃんだったのよ」

翔馬は少しだけ、笑った。

「お姉さんのいいたいことがわかったような気がします。つまり、ぼくの演じるハヤト少年に力づけられている子どもたちがきっとどこかにいる、だからぼくがしていることは、意味がないことじゃない——でしょう？」

「おお、少年、さすがに賢い」

女の子は笑った。

翔馬も笑う。

「ぼく、ひとの言葉の意味をくみ取るのが仕事柄うまいんです。——それと」

女の子の話を聞きながら、思いだしていた。

そもそも自分がどうして、どれくらい強く、『星光戦士エクスリオン』が好きだったか、ということを。

（毎週、日曜日の朝が待ち遠しかったんだ）

獅子座流星群からやってきた、正義の宇宙人たちのドラマを見ている間は、自分もその仲間になったような気持ちになれた。わくわくとどきどきの三十分の間は、自分全てを忘れて楽しかった。

いつかくるだろう、母絵馬との別れの日を恐れることも、何もできない自分の無力さも忘れた。——どこかで、宇宙戦士たちが自分を励ましてくれているような気もしていた。

そんな想像をしているとひとに聞かれたら笑われそうだから誰にもいわなかったけど、ときどきは心の中で会話していた。

『がんばれ、翔馬なら大丈夫だ』

『いつも俺たちは、きみのそばにいるからな』

『応援してるわよ、翔馬くん。お母さんが良くなるように、みんなで祈ってるから』

心の中に、宇宙戦士のみんながいたから、翔馬は頑張れたのかも知れない。

ほんとうには世界に存在しない、おとなたちが作り上げた、架空の存在の宇宙戦士たち。でも翔馬の、そしてたぶん、あの番組を見ている、たくさんの子どもたちの心の中には、『星光戦士エクスリオン』のヒーローたちは存在しているのだ。

（ハヤト少年だって）

ほんとうに、「生きている」のだ。

「あの、ぼく、思いました。――ほんとうには、この世界にサンタクロースは存在しないとしても。魔法も奇跡も存在しないとしても。

ぼくの手は、奇跡を起こすことができるんだって。

ぼくには、一条翔馬には、番組を見ている子どもたちにわくわくとどきどきと、幸せな想いをプレゼントしてあげることができるんですね。サンタクロースのように」

（ぼくには、ハヤト少年のように、ママを――隊長を死神の手から守り抜くことはできないけれど）

この世界に、サンタクロースがいるのなら、魔法や奇跡があるのなら、翔馬は命をかけてもサンタクロースに願って、死神を打ち倒す魔法の剣を手に入れるだろう。

でも、サンタはほんとうにはいないから。

だから、自分がサンタクロースになって、せめて、みんなを幸せにできたら。

「帰りましょ」

女の子が立ち上がり、翔馬の手を引いた。

今度は軽々と、翔馬は立つことができた。無意識のうちに、東京に帰る電車の時刻表を思い浮かべる。今の時間だと、どう帰れば新宿に早く帰れるだろう。

「久しぶりに思い出しちゃった」

駅までの道を送ってくれながら、女の子が懐かしそうに笑っていった。

「わたし、日本に来たら、魔女っ子ルルちゃんに会えるような気がしてたんだ。あの子、日本の街にいると思ってたの」

「アニメじゃなく、リアルでですか？」

「そう。――小さかったしね。それくらい日本のことを知らなかったし、遠い国だったから。いまでもね、心のどこかで、ルルちゃんはどこかにいて、会えそうな気がしてる」

翔馬は歩きながら、うなずいた。

そういえば、自分だって、心のどこかで、宇宙戦士のエクスリオンたちはどこかにいそうな気がしている。いまではどんな風に撮影して、編集されてオンエアになるって、そこまでわかっているのに。

「――ルルちゃんにリアルじゃ会えないって知った時、お友達の漫画家のお兄さんに、悲しいっていったことがあるの。そしたらね、お兄さんいったの。『魔法少女のルルちゃんは、この世界のどこかにいるかも知れないよ』って。『まだ会えていないだけで、きっと世界のどこかには存在してるんだよ』って」

「漫画家の先生が？」

「そう。自分も漫画を描きながら、不思議になるときがあるんだって。自分で考えたお話のはずなのに、みんながどこかの街で、暮らしてるような気がするときがある、って。

『物語の主人公は、この世に生まれたときに、世界のどこかでほんとうに命を持つんじゃないのかな。特に、子どもたちに愛されるようなお話の登場人物ほど、そうなるような気がする』って。

『だからきっと、魔法少女のルルちゃんも、日本のどこかにいて、いつか会えるんだよ』」

風早の駅の改札口の前で別れるとき、女の子は長ネギを二本ばかりわけてくれた。

「上等なネギ、お店でおまけしてくれたから、いっぱい買えたの。良かったらどうぞ。焼いて良し、鍋に入れて良し。あったまるから。今夜はちょっと寒いもの」

ふと、街の空を振りあおいで、言葉を続けた。

「これだけ寒いなら、雪が降れば良いのにね」

「そうですね。——雪、好きなんですか？」

女の子は肩をすくめるようにした。

「この街の雪は大好きなの」

「ぼくもです」

以前、一度、母とみたこの街に降る雪のことを思いだした。この女の子は、この街で暮らしているのだから、冬の間何度も綺麗な雪を見るのだろうなあと思った。

それじゃあ、と手を振り合って別れたあと、女の子の名前を聞かなかったと気がついた。

慌てて振り返ったけれど、もう女の子の姿は、人波の中に消えていて見えなかった。

(妖精みたいなお姉さんだったたな)

そんなことを考えながら、翔馬は、あたたかな電車に揺られて、東京に向かった。腕に大事に長ネギを抱えて。

(クリスマスの妖精、っていうか、やっぱり天使みたいなお姉さんだったたな)

くすりと笑ったとき、走る電車の窓越しに、はらりと白い物が光るのに気づいた。

雪だった。

今夜は雪になるのかも知れない。

(あのお姉さん、喜ぶだろうなあ)

そう思って、ふと、視線を上げたとき。

夜の闇に沈む鉄塔のそばに、それを掴むようにして、ピンク色の綿菓子のような髪の女の子が立っているのが見えた。

女の子はその手に光るバトンを持っていて、楽しげにそれを振る。

それとともに、雪は天から次々に舞い落ちるのだった。女の子が、不思議な魔法で、雪を降らせているように見えた。

降る雪にじゃれるように、翼ある猫が、ひらひらと夜空を飛んでいる。

「魔女っ子ルルちゃん……」

思わず叫んでしまい、座席から腰を浮かしそうになり、慌てて自分の口を手で押さえて、座り直した。車内のみんながこっちを見ているような気がする。

(――錯覚、だよね?)

恐る恐る、もう一度、窓の外を見る。

通り過ぎた鉄塔の上には、もうさっき見たあの子はいない。残念なような、ほっとしたような気持ちになったとき、窓の外を、魔法のほうきに乗った、綿菓子のような髪の少女とおともの猫が、風のように通り過ぎた。

大きな目でウインクをして。内緒よ、というように人差し指を口に当てて。
まばたきする間に、その姿はどこかに消えていった。
雪は空から降りそそぎ、街を、白く白く、染めていった。

（おわり）

集英社オレンジ文庫版あとがき

『かなりや荘浪漫』二巻は、時系列的には一巻の続き、そして、主人公のライバル登場、の物語となります。一巻のあとがきにも書きましたように、この物語は「天才肌の主人公が頂点に上り詰めて行く物語」です。そういう物語の王道のパターンからいうと、ここは続いて、ライバルが登場しないと、ということで。で、主人公茜音《あかね》と、彼女の担当編集者である美月《みづき》のライバルとなるキャラクターたちを考え、プロットを用意していたのですが、仮タイトルでは、『好敵手登場』としていた、このプロット、構成と枚数の関係で、二巻と三巻の二つに分けました。

今回二巻は、編集者、神宮司《じんぐうじ》美月の永遠のライバル、一条《いちじょう》絵馬《えま》が登場してきます。絵馬のように、華やかで派手めなキャラクターは好きなので、書いていて楽しかったですね。

そして、ここまであとがきを書いてきて、今更のように気づいたのですが、なぜ彼女が「巻き髪」という設定なのか。——昔から、漫画でもアニメでも、ヒロインのライバルはくるくる縦《たて》ロールだから。わたしの無意識がそう描写させていたのかも知れません。

そういうわけで、続いて三巻では、プロット「好敵手登場」の後半、茜音のライバルであり友となる、ふたりの漫画少女が登場してくる予定です。今回、名前だけ登場してきた女の子たちですね。この子たちの設定が我ながら、とても素敵でかわいらしいので、実際に描くのがいまから楽しみです。それと、女の子たちが集まってきゃいきゃい話しているシーンを描くのが好きなので、早く三巻の仕事に入って、三人一緒の場面を描きたいなあ、なんて思ってしまいます。『かなりや荘浪漫』三巻もお楽しみに。

イラストのpon-marshさん、装幀の岡本歌織さん（next door design）、校正と校閲の鷗来堂さん、今回もありがとうございました。ひきつづきお世話になります。

それにしても、物語に登場してくる、架空の漫画のプロットやタイトルを考えるのは楽しいですね。一作一作、この子ならこんな漫画を描くかな、と、考えるのが面白いです。

今回、二巻の茜音が描く作品のプロット、集英社の担当さんたちにとても気に入っていただけたので、そうか、わたしは作家じゃなく、漫画家を目指すべきだった、と思ったりもしました。――もちろん、半分冗談ですが。

半分、というのは、それくらいの割合で、漫画を仕事にしたかった自分もいるからです。

十代から二十代にかけて、趣味で漫画を描いていました。漫画家を目指していたのではなく、気のあう友人たちに漫画がうまい子が多く、影響を受けて、自分も描くようになったのです。もともと漫画は大好きだったし、美術の成績が悪くなかったので、見よう見まねで描けるようにはなりました。大学時代には、同人誌にも参加し、個人誌なんて恥ずかしいものまで作るに至りました。

楽しい日々でした。あの頃一通り道具も揃え、漫画の描き方も覚えたそれが、この『かなりや荘浪漫』で役に立っています。それと、筆記用具を手にまっさらな紙に向かい合うことに慣れたので、色紙もPOP用紙もどんとこい、です。まさか作家になった後、そういったものを書くときに、あの日々が役に立つとは思っていませんでした。

漫画を描くのが大好きで大好きで、下手《へた》だなあと思いながら楽しくて。でも職業にしようと思わなかったのは、子どもの頃から自分は作家になるのだと決めていたから。そして何よりも、漫画家志望の友人たちが、段違いに画力が上だったからでした。あれくらい描けないと漫画家になりたいなんていっちゃだめだよね、と、素直に納得していました。

当時イラスト展や同人誌即売会で一緒だった仲間たちは、それぞれにプロの漫画家になり、やがて、わたしも児童文学の世界で新人賞を受賞しました。それから長い年月が経ち、気がつくと、あの頃あんなに絵が上手だった仲間たちのうち、第一線に残っているのは、そのうちの何人なのか。厳しい業界だなあと思います。

わたしは当時の希望の通りに、小説の世界に生きています。——でもたまに、思うことがあります。一度も挑戦してみなかったけれど、もしかして、漫画家を目指していたら。「絵が下手だけど、ストーリーは面白い漫画家」として、意外と漫画の世界にいまも生きていたのかも知れないなあ、なんて。ただの夢想、妄想《もうそう》に過ぎないことなのですけれど。漫画家になれていたところで、あっというまに挫折《ざせつ》して、やっぱり作家になっていれば良かった、なんて後悔していたかも知れないのですけれど。

でもわたしは、上質紙に丸ペンで細い線を引いていくのが好きでした。墨汁《ぼくじゅう》の匂《にお》いも大好きでした。友達に作品を読んで貰《もら》うことが好きでした。いまも部屋のどこかに、漫画を描くための道具は眠っていると思います。

二〇一五年一〇月

街に薄黄木犀の花が咲く頃に　　　　村山早紀

あとがき

この物語は、二〇一五年晩秋に、集英社オレンジ文庫より刊行されました、同じタイトルの作品を、出版社を変えて再び文庫化したものとなります。

なので、お話の中身は同じですが、ごらんのように表紙のイラストが、げみさんに書いていただいたものに変更になっています。再スタートということで。

また、巻末には今回の本のための、書き下ろしの番外編その2もついています。オレンジ文庫版と同じ内容で世に出すと、万が一、内容が同じだと気づかずに再び買ってがっかりしてしまう方がいたとき申し訳ないですし、前の本も持っているけれど、あえて今回も買おう、と思ってくださった方へのささやかな贈り物としても、添えさせていただきました。クリスマス前のある夜の、一条翔馬くんの物語、楽しんでいただけましたら幸いです。

番外編、架空の特撮ドラマのあらすじや、魔女っ子アニメの設定を考えるのが楽しかったです。そして、自分で書きながら、面白そうだから、この番組、見たいなあ、なんて思っていました。昭和の時代の特撮って、夏休みや冬休みには、こんな風に、特に子どもたちが喜ぶような設定のお話があったよなあ、なんて懐かしく思い出しながら。

と、ここまであとがきを書いたところで、井上真樹夫さんの訃報が流れてきました。わたしの世代だと、『宇宙海賊キャプテンハーロック』の、あのかっこいい、正義の無法者ハーロックを演じた方になります。

わたしがテレビアニメのハーロックに夢中になっていたのは十代の頃でした。同じ頃、『宇宙戦艦ヤマト』の古代くんにも憧れていました。『1000年女王』も好きでした。

第一次アニメブームといいましたか、その世代のアニメファンだったのです。はるかな未来、宇宙空間の海を旅する船乗りたちが、無敵の宇宙戦艦や海賊船を駆って、地球を守って海戦を繰り広げる、夢と浪漫の物語。

松本零士先生の漫画と、先生の名前が冠されたテレビアニメが大好きでした。いまもスターシアやメーテルの似顔絵なら、何も見なくても描けます。思えば『かなりや荘浪漫』の茜音が考えた物語に零戦が登場するのも、松本零士作品の影響なのかも知れません。

あの頃、アルカディア号に乗りたかったなあ、なんていま懐かしく思い返しました。空飛ぶ海賊船の船長ハーロックは、仲間を迎えに空から降りてくるのです。憧れましたね。遥か時の彼方や、果て遠き場所への憧れは、松本先生の作品を通して知ったように思います。あの頃、自らが生きている場所や時間とは違うところで、確かに私は生きていたのです。

当時、ふと思ったことで、いまも覚えている感情があります。

「そうか、遠い未来、ほんとうには、ハーロックも古代《こだい》くんも、存在しないんだ」

何を馬鹿なことを、と思うでしょうか。ええ、わたしだって当時、自分で思いました。作り物のお話なんだもん、そんなこと、当たり前じゃないか。

でも不思議なくらい、そのとき寂しかったことを覚えています。

一方で、その後、子どもの本の作家になったわたしが、子どもの頃、わたしの本を好きだったという読者さんたちから、その子たちの成長後に、それぞれから聞いた話。聞かせていただけて、とても嬉しかった、思い出話。

「あの頃、どんなに寂しいときも、辛いときも、学校や家でひとりぼっちだと思っても、シェーラ姫やマリリンが友達だから平気でした」

そうか、この子たちの中では、シェーラ姫たちは、もうわたしが書いた本の中の作り物の存在じゃなかったんだなあ、と思いました。

その子の心の中で息づき、ともに寄り添って、人生を歩んできた、旅の仲間なんだなあ、と。

わたしが創り出した存在だけれど、いまはもうそうでない、命を得た、登場人物たち。

わたしの心の中のどこかに、いまもハーロックや古代くんがいるように、アルカディア号が迎えに来る日を待っているように、現実を生きるあのひとこのひとの心の中には、昔からずっと一緒の、旅の仲間たちがいるのかも知れません。

これを読んでいる、あなたの心の中にも。


さて。

オレンジ文庫版では、『かなりや荘浪漫』は、今回の二巻までしか刊行されることがありませんでしたが、いよいよ次の三巻からは、構想はあったけれどまだ原稿に書いていなかった領域へと物語が進んでゆきます。

ここから先は、茜音や美月たちとともに、どうすれば「良い」漫画が描けるのか、「売れる」雑誌が作れるのか、著者であるわたし自身が勉強や取材をしながら、細部を考えながらの道行きになると思います。

大筋は考えているのですが、より面白く、リアルになるように変えてゆくので、現時点では主人公たちの未来はわりと不確定です。自分にも見えない未来を目指す旅は、いつだってわくわくします。

いよいよ、旅立ちの時です。

最後になりましたが、今回も素晴らしい絵をくださった、げみさん。美しい本を作り上げてくださった、岡本歌織さん（next door design）。心から感謝いたします。

校正と校閲の鷗来堂さん。いつも頼り切ってしまって。ありがとうございます。モデルとして登場した、神楽坂《かぐらざか》の素敵な書店さんにも、西新宿のいつものホテルのみなさんにも、心からの感謝を。

いつもありがとうございます。

二〇一九年十二月二日

クリスマスを迎えようとしている長崎市の、仕事部屋から、星の海のような夜景を眺めつつ

村山早紀

本書は二〇一五年十一月に集英社オレンジ文庫より
発刊された作品に、新たな原稿を加えたものです。

著者紹介
村山早紀（むらやま　さき）
1963年長崎県生まれ。『ちいさいえりちゃん』で毎日童話新人賞最優秀賞、第４回椋鳩十児童文学賞を受賞。
著書に『シェーラひめのぼうけん』（童心社）、『コンビニたそがれ堂』『はるかな空の東』『ルリユール』『百貨の魔法』（以上、ポプラ社）、『アカネヒメ物語』『花咲家の怪』（以上、徳間書店）、『黄金旋律』『桜風堂ものがたり』『星をつなぐ手』（以上、ＰＨＰ研究所）、げみ氏との共著に『春の旅人』『トロイメライ』（立東舎）などがある。
Twitter ID@nekoko24

ＰＨＰ文芸文庫　かなりや荘浪漫２
星めざす翼

2020年１月23日　第１版第１刷

著　者　村山早紀
発行者　後藤淳一
発行所　株式会社ＰＨＰ研究所
東京本部　〒135-8137 江東区豊洲5-6-52
第三制作部文藝課　☎03-3520-9620(編集)
普及部　☎03-3520-9630(販売)
京都本部　〒601-8411 京都市南区西九条北ノ内町11
PHP INTERFACE　https://www.php.co.jp/
組　版　朝日メディアインターナショナル株式会社
印刷所　株式会社光邦
製本所　株式会社大進堂

ISBN978-4-569-76986-8

PHP文芸文庫

桜風堂ものがたり（上）

村山早紀 著

勤めていた書店をある「万引き事件」がきっかけで辞めることになった月原一整。彼は旅先の田舎町で、ある小さな書店と出合うのだが……。

定価 本体六六〇円（税別）

PHP文芸文庫

桜風堂ものがたり(下)

村山早紀 著

田舎町の書店で、一人の青年が起こした心温まる奇跡を描き、全国の書店員から絶賛された本屋大賞ノミネート作。待望の文庫化！

定価 本体六六〇円(税別)

PHP文芸文庫

かなりや荘浪漫

廃園の鳥たち

村山早紀　著

心に傷を抱える人々が集う「かなりや荘」。母親が失踪した茜音は、そこで新たな夢を見つけていく。優しく力強い回復と救済の物語。

定価　本体七〇〇円
（税別）